岁月 原来很美

陈德平·著

文匯出版社

图书在版编目（CIP）数据

岁月原来很美 / 陈德平著. —上海：文汇出版社，2022.3

ISBN 978－7－5496－3721－8

Ⅰ. ①岁…　Ⅱ. ①陈…　Ⅲ. ①散文集—中国—当代
Ⅳ. ①I267

中国版本图书馆CIP数据核字（2022）第026982号

岁月原来很美

作　　者 / 陈德平

责任编辑 / 王　骏
封面装帧 / 薛　冰
文内插画 / 雪　江

出版发行 / **文匯出版社**
上海市威海路755号
（邮政编码200041）
经　　销 / 全国新华书店
排　　版 / 南京展望文化发展有限公司
印刷装订 / 启东市人民印刷有限公司
版　　次 / 2022年3月第1版
印　　次 / 2022年3月第1次印刷
开　　本 / 890×1240　1/32
字　　数 / 130千
印　　张 / 7

ISBN 978－7－5496－3721－8
定　　价 / 48.00元

序

/ 程德培

我和陈德平不很熟，只是在某种场合见过几面。然而读过此书稿后，仿佛认识多年一般。可以想象，作为早已用滥的“文如其人”一说，在此是如何再次显现出其无法抵御的魔力。

散文集《岁月原来很美》着眼于人生经历和世象状态，将过往延伸至当下，真实地记录了作者的成长片段，部分游历印象，点滴的读书心得，以及对人世的联想感叹等。文章虽未成系统，但碎片也自有其结构的功用。在回望历史、映观现实中，那些充满烟火气的世事沧桑，那些对人生和世界的感悟，被化作了平和朴淡的心态安置于文字脉络中，又被温婉和娓娓的笔致，汇聚成清澈的溪流，无不彰显深厚的情怀和岁月的滋味，流淌出真爱和美。在充满寂静和惆怅的故事里，传递出的不仅是儿时的快乐，更是悠悠的亲情乡愁。其中尤以对父母的回忆文字更是直抵人心，给我们留下了深刻的印象。不是每一段人生都会波澜壮阔，当父亲从浴血沙场的奋勇浩气到进入耄耋之年后的落寞无奈，曾经温馨的家永远定格于那个夏天，那种无法释怀的爱，常常使其情不自禁地回到过去的温暖岁月，并带来一次次锥心的痛。也让人从中窥见生命的艰难和不易，看到人生的美好和坚守。

写作说到底不过是一种“反遗忘”。为了既感觉到岁月的逝去又不忘记岁月的存在而写作，这是符合人的心理需求的。写作就是这样的一种行为，它提醒一个人这一瞬间存在的事物，记住仿佛从来不曾存在的事物，记住可能消失的事物，可能被轻视以至被蔑视的事物，记住那遥远的、渺小的事物，记住美好的、初次的和燃烧的激情。而其中情感的作用是至关重要的。用利科的话来说：“没有什么比情感更具本体论价值的了。只有通过情感，我们才能栖息于世。”

对我们每一个人来说，除了薄薄的一层此刻，我们生命中的一切都是记忆。记忆总是私人心理的活动，但是如果没有记忆活动，我们将无法从事外在的活动，包括日常的问候和谈话，甚至无法学会走路。记忆和回忆是打开人类心灵生活、情感世界不可或缺的钥匙。记忆变动不居，它总是在不断更新的生活故事碎片中进行整合。记忆的内容是不断修正的复合体，回忆的叙述过程总免不了遗漏和补充，在人与人的关系之中被修复和建构。至于精心设计和自然流泻，散点透视或精准聚焦只是方式不同罢了。即便是最为个人的私密记忆也都取决于文化和社会、符号、语言、其他象征系统和表达模式。

纷繁世界，风起云涌，可现实又是那样的平常琐碎。如何在平淡无奇中始终保持一种激情和坚定，去拥抱生活，去聚焦生活的细微之处，去直面人生的不完美，尽力寻找温暖和阳光？值得一提的是，陈德平的集子中的文章绝大部分都在《新民晚报》的“夜光杯”上发表过。说起《新民晚报》，其对几代市民的影响力，那是无论如何高估也不为过的，它的作用几乎就等同于昨日的“电视”和今日的“手机”。而作为副刊的“夜光杯”，那更是写作者的精神家园。我虽从不曾在“夜光杯”上发表过文章，但在上世纪 90 年代有那么几年工夫，已很少写评论文章的我，经好友林伟平的催促，在晚报也陆续发了一些短文，记得钱谷融先生还专门让人传话过来鼓励了一番。新世纪初，我曾在南京路步行街上经营过一个书报亭，每天下午，光《新民晚报》的零售就达好几千份。由此可见《新民晚报》的无可替代性。以上这些点滴记忆，更是促成我为陈德平《岁月原来很美》写序的另一个重要缘由。

2021 年 10 月 2 日于上海

（本文作者为中国当代著名文学评论家、第六届鲁迅文学奖得主）

目录
Contents

序 / 1

第一辑　往事如初

梦开始的地方 / 2
童年的一次出行 / 10
秋风吹过的时候 / 13
老镇 / 25
温馨的餐车 / 29
秋日思塞外 / 32
想念兰花 / 35
蔼蔼桑叶肥 / 38
小白楼 / 41

第二辑　亲情存念

梦里又见杜鹃红 / 46
莱芜战役纪事 / 52
父亲的村庄 / 61

母亲的笑容 / 66
记忆总还是那一刻 / 70
过往 / 79
走在春天里 / 82
路遇故地 / 85
回家 / 89
送别只是一瞬间 / 92
儿从英伦归 / 95

第三辑　云卷云舒

冬夜听雨 / 100
窗外的绿色 / 102
雨中的庭院 / 105
保持对大自然的好奇 / 108
鹿回头 / 111
一只花斑猫 / 114
夜色里的风景 / 117
信任 / 121

读书要有一种心情 / 124
重拾生活的趣味 / 127
家具拼装记 / 130
当了一回粉丝 / 133
这个春节 / 136

第四辑　山河入梦

回望沂蒙那片土地 / 140
在庐山牯岭 / 144
把心放下的地方 / 147
一生只等一壶茶 / 151
赤水河畔访土城 / 154
我自拈花笑 / 157
冬日的锦园 / 160
春踏未名湖 / 163
神户的夜晚 / 166
走马伦敦 / 169
一个人与一座城 / 172

斯德哥尔摩有点冷 / 175

第五辑　岁月沧桑

历史从脚下走过 / 180
有缘绍兴路 / 183
那样的壮举 / 186
父亲的战友 / 189
黄昏之美 / 193
那个夏天 / 196
小城里的上海女人 / 202
随江水远去 / 205
活得真实 / 208

跋 / 211

第一辑

往事如初

那些日子已不再，以前并未觉得什么，现在追忆起来，忽然感到那波澜不惊的岁月原来很美好，总有种朴素、亲切、熟稔的东西深入心底。

梦开始的地方

秋雨萧萧，落叶满地。一阵接一阵的风中，从城中一隅传来孩子们的奔跑声和叫喊声。一声声，在飘落的树叶中穿行，也回响在我的梦里。

我又一次梦到了童年时的情景，梦见小时候住过的地方，那是城中最早的工房小区之一，前后有五六排两层的楼房，我的童年和少年都在这里度过。小区没有围墙，它的对面是县委招待所，因全城唯此一家，所以每当别人问起住址，都称招待所对面，对方一听就明白了。

家刚搬来时正是“文革”时期，最早只有两排住房，周边尚有一大片荒地和农家房子，不远处还有个池塘，以后又陆续盖起工房，住的人渐多。那时没有中高档小区之分，等级观念也不明显，分配入住的人当中有领导干部，也有平民百姓。紧邻我家左边的是与父亲一样的山东南下干部，后来说起来还是一个部队的。右边是个船工，长年在外，一家老小全靠其收入维持生计。有天晚上，母亲听到隔壁船工家墙上间隙有“咚咚”的敲击声传来，当敲开其家门，吃了一惊，其老婆和小孩东倒西歪地躺在地上。原来船工已有些时日没捎钱来，家里断了炊，但碍于面子一直没吱声，可能实在撑不住了才敲墙求助。母亲赶紧送去些大米和食物，并借了点钱给他们救急。由于邻居间相互紧挨，天长日久，谁家的底细都一清二楚，既有相互照应，也免不了家长里短，经常为一些生活琐事发生争吵。那时，小区里只有一个水龙头，因定时开放，特别是夏天，接水的队伍排成长龙，常为水而起争执。有时正吃着饭，耳闻吵架之声，人们便捧着饭碗去看热闹。

在那个年月，我的童年生活势必卷入到一地鸡毛和被染上时代色彩。随着住户不断增加，小区里孩子也多了起来，大都正是上小学的年龄。一放学，书包往家里一搁就聚拢一道，打弹子、拍纸牌、下西瓜棋。因父母都在上班，刚读小学四年级的我每天脖子上挂个钥匙，中午一放学就回家生炉子做饭。每次家里水缸缺水了，母亲就派我拎个铅桶去排队，经常无法像其他同伴尽心玩耍。那会儿，学校的各种活动也多，正常的学习常被打断。一会儿参加晚呼队，每天晚上走街串巷喊口号。个子最高的擎一面旗，一排人跟在其后隔几分钟呼一次口号；一会儿又被抽去参加校宣传队和板报组，经常排练演出或写稿；后又要挖防空洞了，每个班轮流晚上去学校的一座土山上挖洞。放学后还要采集做火药用的硝，这种东西像一层盐花大多生成在斑驳的砖墙上，需用刀片轻轻刮下，集拢至一定数量送交学校。那时，常可看到一些孩子踮着脚在墙上刮硝，许多墙被弄得伤痕累累。随着乌苏里江上的硝烟生起，准备打仗的气氛渐浓。这种气氛最初是从火车上感觉到的。那时，我正随父亲回山东老家探亲途中，车厢广播里一遍遍地播着珍宝岛自卫反击战的最新消息，每个人的脸上都是严峻的神色。很快，“备战、备荒、为人民”等口号响彻大地。街头、学校的墙上都贴出了防核爆的宣传图片，山上平地到处都在挖防空洞，每家窗户上也贴上了防震的米字形纸条，几个山头安上了高音喇叭，频繁进行防空演习。小区里建房时留下的一个石灰池也被改建成防空洞，可里边太潮湿，过不了多久就积满了水。一遇拉警报，去不了那里，我们几个小孩就躲进自家的楼道下，以为这是最隐蔽的地方，岂不知一旦房子倒了，怎能防身？

尽管如此，童年的天性依然在我们的生活中释放，如潺潺溪流奔波辗转而来。学校礼堂的屋檐里有许多麻雀窝，我和邻居小伙伴趁着夜色，叠罗汉般地上到房檐下揭开瓦片去掏鸟蛋，突然听到远处有人过来的声音，慌乱之中，拿到手中的鸟蛋撒落地上，不顾一切地四下逃去。小区旁的池塘，每天都有人在池边浆洗淘米，岸边长着嫩绿的蒿草，微风吹过，池面有些荡漾。晚上，有蛙鸣声不停地传来。渐渐，水上漂起绿藻，和小伙伴们下到水里游泳，一个猛子下去，能踩到池底的淤泥，钻出水面，嘴唇有了一圈胡子，大家便相互取笑。一下大雨，紧邻池边的水沟积满了水，也有鱼游到里面。待水浅时，我们挽起裤管，赤脚在水沟里用泥土将池塘隔开，拿脸盆不断朝外泼水，等水干了就见鱼在泥中蹦跳，那些泥鳅则躲在烂泥中，需用手去挖。一会儿，鱼和泥鳅盛满了脸盆，身上也沾满了泥水。那时，我还养了两只北京鸭，买来时黄绒绒、肥嘟嘟的煞是可爱。一放学，我就拿把铁锄，拎个桶，去附近地里挖蚯蚓喂鸭子。两只鸭子争先抢食，直到肚子撑得鼓鼓的才罢休。随着长大，其羽毛变白，体大于本地鸭，迈起步来摇摇晃晃，“嘎嘎嘎”叫着，远看似鹅。每天它们拍打着翅膀，自个儿去池塘里嬉水、觅食，夜晚归来。在一个夏天里，这两只鸭子还是先后被宰了，用来改善我们的伙食。母亲把一鸭三吃，白斩、红烧、做汤，特别是在鸭血豆腐汤里放点鸡毛菜、撒上胡椒粉，真是味香鲜美。虽饱了口福，我心里还是有些不舍，毕竟养了那么长时间。有时，会有货郎打着拨浪鼓到门口拿麦芽糖换东西，我和小伙伴除了平时积些牙膏皮之类的，就去树丛中找蝉壳，到工厂门旁倒弃的废料中捡废铜烂铁，积上一阵后就换麦芽糖吃或买学习用品。那货郎很小气，抖抖索索地先用小铁锤敲打着铁片切下一小块糖来，若嫌少，就让你再拿些东西来添上。

看电影是那个时候最让人快乐的事，为买到电影票要早早地去排队。有段时间，除了样板戏，银幕上也放映故事片《地道战》《地雷战》以及《宁死不屈》《地下游击队》等阿尔巴尼亚电影。当时，国外电影几乎绝迹，只能看到这个被称为“欧洲的一盏明灯”的巴尔干小国的电影。这些电影或多或少地影响了童年的我们，犹如现在的追星，在崇拜英雄和盲目的模仿中，演绎出了一场场闹剧，年少的顽劣被放纵得无遮无拦。我们在游戏中经常扮成敌我两方，在皮带上插一支自做的木枪，相互追逐。如模仿《地雷战》中的民兵，晚上在路中挖洞，然后在洞口用细竹片撑住覆上纸，再埋上土，便躲到一边看谁踩上。又学阿尔巴尼亚电影中的桥段，在一些纸条写上“打倒法西斯，自由属于人民”之类的口号，然后悄悄塞入别人家中的门缝里，迅速逃离。当听到那些大人看到纸条后的愤怒骂声，我们却躲在暗处窃笑。后来，看到电影《小兵张嘎》中的侦察员罗金保骑辆自行车非常潇洒，也偷着学起骑车。只要家里来人有骑自行车的，要么趁没人拔钥匙，要么直接问其要来钥匙，就和几个小伙伴飞快地推出去练车，如放飞的鸽子。人小够不上车座，就把腿跨进车三角架里骑，往往不是弄得人仰车翻，就忘了时辰，急得父亲和客人到处寻找。就是这样的见缝插针，我学会了骑车。

在懵懂中慢慢长大，在磕磕绊绊中渐渐了解人生。一进入中学，我好像开始想些问题，有了心事。不知为什么首先想到了生死。有时躺在床上，突然想到人死后不能复生，在这个地球上永远消失了，就像陷入无底的深渊，有一种惶恐袭来。我不知道这种无缘无由、无端无绪的苍凉和感伤为何会过早地盘旋于脑际，当把这种想法跟邻居同伴说了，他们也是一头困惑。大概这种终极之题太深沉且无解，后来就不再去想了。有时从城外的学校夜自修回来，走在四周都是田野的路上，望着满天星空，又会莫名地想到自己的人生目标在哪里，将来会做什么？

我时常看些父亲带来的书籍，也从同学那里或到图书馆借阅文艺类书刊。我的语文成绩从小学到中学一直在班上名列前茅，作文造句时常受到语文老师的表扬和点评。好像这方面鼓励多了，自然也往这方面努力了，由此造成了偏科，对理科毫无兴趣。记得上中学那阵子，突然想起写小说了，结合学校学工学农不自量力地写了个短篇寄给省报。被退稿是无疑的，拿到由校收发室转来的退稿信，那信封上赫然印着省报的大名。尽管心里清楚，小说是飘浮在云中的梦，但还是一阵激动。

邻居中有个小伙子，他父母都从省城下放而来。其善画，常站在家门口拉小提琴，举哑铃，颇有些小资情调。他虽年纪大于我，我们却蛮投缘。我时常去他家看其作画，他也送些画给我。由此，也让我对画画产生了兴趣，从书店买来些人物素描画进行临摹，还托上海的舅舅专门寄来当时最时兴的一些人物素描集。一段时间下来，画技大有长进，家里墙上贴满了我画的素描，有幅画经校赛后还被选送至地区参加学生画展。有趣的是隔壁船工老婆看了我的画，竟让我给他们新打制的床架上画两幅图。我知道自己的斤两就未答应。可架不住一再相邀，最终还是硬着头皮去画了。后来，每到她家，看到床架上自己的涂鸦禁不住想笑。那时，兴趣技艺没有家长逼你学，也没有多如牛毛的兴趣班任你学，完全凭个人爱好使然，信马由缰，自生自灭。我一会儿去跑步打球，一会儿学吹笛子口琴，还曾对中医产生了兴趣，买了中医书竟自己学着配起方来。可这些连同绘画最终都烟消云散、半途而废，倒是对写作的热情始终未减。

“少年心事当拏云。”随着年龄的增加和逐渐明白些事儿，心好像也大了，那时我已不再满足于自己居住的这块天地，想得最多的事就是要走出去，站在更高处，看待世间万物。于是，常常一个人爬到山顶，坐在岩石上，凝望着远处阡陌纵横的田野和山脚下驶过的列车出神；有时又站在江岸边，默默注视着过往的船帆，心中有股力量在驱使着自己要走向外面的世界。

后来，我终于离开了那里，离开了家乡。可过去了多少年，不管走到哪里，夜晚梦里儿时的景象，显现最多的还是当初那个招待所对面的居所。有人说，童年和年少时住过的地方是梦开始的地方，无论你换过多少住处，一辈子梦里记得最清晰的还是这个地方。对我来说，那是一个能够寄寓我童年及少年奔跑和梦想、既有欢笑也有眼泪的所在，也是一缕投给我别样光华和温存的暖阳。正如作家迟子健所说：“那是我们认识世界的开始，那是我们的想象力最为活跃的时期，那是一段尽管有不平，但童眸依然清水一样透明的岁月。人生的尘埃，给我们以苦难与迷离，但我们回望出发时刻，哪怕悲伤缭绕，依然给我们以美的感觉，让我们在迟暮之年泪眼蒙眬。”

起风了，风卷起泥土和树叶在空中旋转着，一群孩子从门前奔跑而过。梦中的我又一次回到了儿时住过的地方。

童年的一次出行

那是一个春暖花开的季节，因为一路过去，漫野都是开得很旺的油菜花；因为要过夜，每个学生需自带被子，而我没有，所以记得很清楚。

我们是去一个叫“上旺”的山村参观。这个山村被一场特大洪水侵袭后，靠自身的力量战胜灾害、重建家园，经宣传后，一时八方人流云集，远近闻名。那是上世纪70年代初，走在大街小巷，随处可见墙上刷着“人定胜天”“战天斗地”之类的标语。那时，我上小学四年级，学校不像现在组织春游，而是三天两头搞学工学农学军，一会儿到田头劳动，一会儿搞野营训练。因“上旺”距家乡也就一百多里路，学校自然不会放过这样的社会课堂，决定组织高年级学生前去参观，并要求自带背包、干粮。可回到家，母亲说，家里只有大被子，没法打背包，新做也来不及。我有些沮丧，只好将此情告诉班主任准备放弃。临走前一天，组织这项活动的一位男老师通知我可跟他拼一个被窝，终于得以成行。

我们是坐船去的，排着队上码头。那时江南水网密布，河比路多。一艘小火轮拖着五六只船，响着“突突”的声音，沿着运河行进着，犹如一把剪刀破开水面，卷起波浪向岸边推去，又被撞回涌向船舷，激起无数浪花。我只背个挎包和水壶，倒也轻松。坐在船边，听水浪拍打船舷的声音，看远处掠过的村庄、田野，竟有些出神。中午，船停靠到一个码头，大家趁机拿出自带的饭菜就餐。这时，我听到岸边有人在喊，声音有些熟悉。原来是邻居一个同学的父亲，就在这码头上工作。他站在岸上，把一包吃的东西抛给了另一船上的儿子，大家有些羡慕地望着。

傍晚时分到了“上旺”，村口尚有断墙残壁，显示着洪水留下的伤痕。往里走，沿山边不断有新造的农舍、店铺出现。还有临时建起的展览室和招待所。我们借宿在一所小学里，所有教室都住满了人，连进门的大厅都打了地铺。晚饭后，我们三五成群地在村中转悠，像一群小鸟睁着好奇的眼睛，戚戚喳喳地议论着。来来往往的人不断擦身而过，商铺、饭店里幽暗的灯光在夜空中忽闪着，飘来阵阵黄酒浓郁的香味。晚上，我没有与同学住在一起，等那位男老师安排妥了一切，才跟他住到一间专为老师腾出的教室里。

翌日一早，我们先到村里看了抗洪救灾事迹展览，然后在讲解员的引导下上山参观重新修建种植的农田和茶园，山间路是新的，地是绿的，呈现一片生机。在一个山包上，立着一块牌子，上书一段文字，其中一句吸引了我的目光：“一张白纸，没有负担，好写最新最美的文字，好画最新最美的图画。”在这个山头上，我第一次读到毛泽东的这句名言，并从此深深地印在了脑海里。尽管那个时代充塞豪言壮语，但这句豪情满怀的话语，此时用在这个曾被洪水洗劫一空的山村是多么地贴切；对正处于成长期的我们何尝不是一种鼓励和启迪。多年后，我才知道这是摘自毛泽东写于 1958 年的《介绍一个合作社》。

我们可能走过很多地方，看过许多风景，但真正触动心灵的有几许？小火轮的身影远去了，一如往昔岁月的绝迹。但童年的这次出行，最大的收获，让我记住了这句名言，似“突突”的船声一直回响在耳旁。

秋风吹过的时候

一

我是那年秋天下的乡。

高中一毕业，赶上了中国最后一波知识青年上山下乡运动，反正每户人家必去一个，因是老大，我就义不容辞地报了名。当时有政策，既可去集体知青点，也可投亲靠友。我选择了去母亲老家插队落户。下乡那天，单独而行，没有敲锣打鼓欢送的场面，只有母亲和几个亲朋好友相送。这年，我 17 岁。

之前，母亲曾带我去过一趟村里。母亲很早就从村里出来了，认识的人已不多，外婆离世后，一些远亲也逐渐疏于往来。但这毕竟是母亲的故乡，有种亲近感，离家又近，把我放在这里，相对于深山里的知青点，父母更放心些。那晚，我用自行车带着母亲一路向乡下骑去。出城不久天就黑了，骑在坑坑洼洼的石子路上，车一颠一颠的，沿路两旁都是高高密密的麻田，月亮已爬上了树梢。骑到半路，突然车头一震，一下车仰人翻，从地上起来定睛一看，车撞在了一堆石头上，原来前面在修路。好在车无损人无恙，只是母亲头上起了个包。母亲怪我怎么不看清路？我也叫屈，谁知路中堆放了石头？又没个路灯。这是否预示着前进的道路并不顺畅？可那时没容多想。到达村里，有关大队领导已在等候。这些人与母亲年龄相仿，有的从小熟识，一照面就寒暄上了。我插队的事先前已商定，这次无非与我本人见个面。大队支部书记赵焕寿握着我的手说："欢迎啊，农村需要有知识的人！"我知道这是客气话，尴尬地笑着，不知如何作答。那时我尚未经世，好像一张明净的白纸，没有染上纷杂的色彩，脑子一片茫然，只觉得身不由己地被一股生活的浪潮卷到了这里。

那时，秋风飒飒，田野里的金黄色已变成了刚翻滚过的黑色泥土，等待着新的作物下种。因村里只有我唯一的一个知青，没有专门的知青房。赵支书让我暂住村小学，那里有间阁楼空着。这学校是由原先的祠堂改建，推开那扇黑漆漆的大门，有股冷飕飕的风吹来，黑咕隆咚的空间随之透进了光亮，也带来生命气息的流动。正逢周日学校放假，偌大的屋子里格外宁静。我一边走过空旷带着油光泥地的大厅，一边打量着这座两层楼的砖木结构房屋，外墙和椽子经长年的烟熏火燎，已变得墨黑和风化。右边五六间房是教室和办公室，左边是天井，中间空地大概就是平日学生做操活动的场所。当大门关上，倏地又有股逼仄感袭来。走到底就是楼梯，二楼的转角处便是我的房间。打开老旧的木门，低矮的屋角里挂着蜘蛛网，带着刺鼻的潮味，感觉久未住人了。屋内放着一张木板床，靠窗处是一张桌子。推开窗可看到屋脊上的瓦片和对面农家的窗户。待打扫好房间，安置好物品，母亲和亲友们对我嘱咐了一番就走了。我突然感到了寂寞，茫然环顾，怅然若失。傍晚，热了母亲先前做好的饭菜，匆匆扒完就出门去村里转悠。这村前后都隔着一条河，村前的河宽阔，外江水通过闸门涌来，直通下游的宁波。岸边停着运送沙石的大木船，每相隔十多步就有扳鱼的大网高高吊着，河埠上有三三两两的女人在浣洗。河中有座桥，只铺石板没有扶栏，这是去城里最近的一条道。后来我经常从这里出入，每每看着下面滔滔河水，心会陡然揪紧。村后的一条河虽说也通外江，却窄小了许多，也没条船。沿河边有一排茅厕，旁边堆着柴垛。对岸又是另一个村子，俨然一幅人影相对、鸡犬相闻的景象。尽管小时候走亲戚来过，但走在村里，眼前的一切还是有些陌生和新奇。我恍恍惚惚地走着，似乎在梦中。当第二天早上被此起彼落的鸡鸣和狗吠声吵醒，我才真实地感到自己已在这里安家落户了。

村里转了一圈，回到学校时，天已擦黑，摸黑进去，伸手不见五指，仿佛被包裹在一团黑暗之中。空荡的大厅静得能感觉到一根针掉落地上的声音，不知从哪里吹来一股冷风，顿时心里渗出一丝恐惧。多亏带着手电，急急穿过黑暗走进屋里把门栓住，才松了口气。可刚坐下，忽听外面“吱呀”一声，大门又被打开了，心随即提起。不一会儿，随着“嘎吱嘎吱”上楼的脚步声，传来一对姑娘边走边说话的声音。怎么这楼上还住着人？原来楼上还有两间房，原先关着并未注意。翌晨起来，刚开门想去河边洗漱，那俩姑娘已经出来正打门前经过，这才看清其一高一低，高的大概是姐姐，十八九岁的模样，梳着两条短辫；矮的可能是妹妹，胖胖的脸蛋，还在上学的年龄。她们朝我笑笑，又朝我屋里瞄了一眼，便轻轻地下楼去了。过了些时日才知道，这姐妹俩是村小学一位刚退休的金姓音乐老师的女儿，晚上借住在这里。他们家跟我还是一个生产队的。我有些好奇，这里大都是杜姓人家，难道她们是外来的？以后每次碰到，也不多言语，只是相互笑笑打声招呼。倒是在田头，金家大女儿异常活跃，是个挺爽朗的人，常跟姑娘们嬉笑打闹，干活也利索。只是偶尔默默地低头干活，眼睛里似乎流露着淡淡的忧郁……不久听说有外村的小伙子来与其相亲，好像女方不是很满意，但最终还是定下了这门亲事。就在准备择日而嫁时，不想后来遇上了江难，金家大女儿还没过门就离开了人世，着实让人唏嘘。

二

我被安排在村北的第三生产队劳动，因我外婆家原属该队范围。我下乡的这个村与河对岸的村相比是个穷村，对岸村办企业多，明显要比这边富实。开始，队里给我定的工分是6分半，当时男的最高是10分。对此我并不介意，本来就是来锻炼的，一个瘦弱书生，农活又生疏，岂能拿高分？每天上工前，大伙儿三三两两来到村头，听生产队长分配完活儿就去地里。那会儿，我时常穿一件父亲穿过的旧军装，就是肩头上有两个扣眼，专挂肩章的那种。看着有点大，母亲略微做了裁剪，我穿上还是蛮神气的。那个年代，有件正规的军装是一种有范的标志。有时我还穿一件母亲新买的蛋黄色棉毛衫，干活累了，脱去外衣，就像一团火在田野中燃烧。这让我发现自己与周围的色彩明显不协调，服装上的差异自然也会带来情感上的隔膜。后来换上几件陈旧的服装，混在一堆灰褐色的人群中才随之踏实。这样每天日出而作，日落而息，翻地、拢沟、锄草、挑粪、施肥，日晒雨淋，日子久了，渐与大伙相差无几，也学会了一些农活。偶尔站在田垄上，看着被自己翻整过的泥土在微风轻拂下笔直地伸向远方，微眯起眼睛，一丝不经意的笑意在脸上掠过，像是完成了一桩庄重的事。

我下乡的这片地域不是水稻区，多是旱田，以种植绿麻、玉米和黄豆为主。夏天，整个田野如绿涛滚滚，绵延而去。长得高高的绿麻和玉米，似北方的青纱帐，人一进到里边就不见了人影。只有到剥麻的时候，麻秆一片片倒下，田野才又裸露出它本来的面貌。麻是一种用于纺织的农作物，据说始于夏商周时期，《诗经》早有记载，古人最早使用的纺织品就来自麻。剥麻时，男的拔起一根根麻秆，女的则坐在绑有凹槽的木条凳上剥麻皮，把麻秆往凹槽一卡，把外面的皮往里用力一拉，整根麻秆就被抽成了白色的杆子掉落地上。久之，手糙开裂，沾满了青青的污渍。麻剥离后，将一部分成捆的麻皮送往收购站，一部分放入池中浸泡至白色，再到河中清洗晾干打包出售，剩下的麻秆就当作柴火。那个时候，一些河池里常散发着绿麻腐烂的臭味，池水泛着黑色的泡沫，整个村庄都弥漫着这股味道。村民的屋前房后的麻秆都堆成了山。

秋风吹过后，成片玉米地里的叶子泛黄了，发出“簌簌”的声音，一个个苞谷鼓胀的变成了红色，这时又开始收玉米了。大家掰下苞谷，装进箩筐，挑到晒场。这时候，每户人家门前也先后挂上了扎成结的一串串玉米棒，望过去红红的似火焰一片。每天，玉米糊糊成了每家早饭的标配，大人小孩都捧着碗玉米糊站在自家门口“哗啦、哗啦”地吃着，糊上没菜，顶多撒点猪油或盐。有时，也将玉米棒放入瓦罐塞进还没冷却的柴灰中。第二天一早取出，已爆裂的玉米冒着腾腾的热气，吃起来软糯喷香。现在五谷杂粮成了好东西，可天天吃也倒胃口，那时乡村不富裕，只能种啥吃啥。

生产队和邻近几个村的部分田地都在江对岸，要坐船摆渡过去。每次到岸边，总见有两三只船候着。这些船大小不一，小的坐五十来人，大的可坐七八十人。艄公先用竹篙把船撑开，至水深处再摇橹而行。每年的桃花汛期，春寒料峭，上游下来的水浑黄而湍急，江水翻着漩涡，乱流涌动。这时，风也大了，呼呼江风吹来，刮得脸生痛，大家缩着脖子挤在船里，激浪在船四周撞着、蹦跳着。有时水涨船靠不上岸，跳板只能落在水中，于是脱鞋蹚水上岸，脚扎进水里顿时一股凉意直窜心窝。那次渡船事故就是发生在这样的时候。去时一船人嘻嘻哈哈，有说有笑。中午放工回来，船却在湍急的江水中倾覆。除了少数身强力壮的人奋力游回到了岸上，大多人在瞬间的蒙混中不知所措，有的随激流而去，有的顺手紧抓身旁的人，在水中挣扎。顷刻间，天仿佛突然崩塌了，滔滔江水，生死两隔。闻讯赶来的人们黑压压站满了岸边，有的看着自己亲人在江中沉浮，呼天抢地，急得直跺脚。一位壮小伙不知从哪里弄来一条小舢板，发了疯似地朝江中划去，要去救他刚过门的妻子。我是上岸后走到半路闻讯又折返才看到这幕惨剧，立时惊呆，这可都是些刚刚和自己一起在地里干活的村民啊！原来，他们赶到岸边时，只剩一条渡船，便一呼隆地都涌上了船，以致超载。那天收工，我是少数走得快的几个人之一，幸好赶上了前一条船，才躲过一劫。

江风呼啸，浪涛翻滚，我站在江堤上久久伫立。

三

在没有下乡前，我眼里的乡间总是炊烟袅袅、温情扑面，如陶渊明所描述的“榆柳荫后檐，桃李罗堂前”“狗吠深巷中，鸡鸣桑树颠”，充满着田园牧歌式的浪漫色彩。可当你深入其间，并非完全是你想象的那个样子。在乡野这块沃土上，既可生长绿色的庄稼，也同样可长成妖娆的罂粟花。伴随着勤劳、朴实、善良的美德，那种乡村的小气、算计、蛮横等自古以来的习气也时而飘浮在这块土地上。

最初，对于我的到来，村中就像一块石子扔进河里，引起一阵涟漪。大队班子中的个别人出于之间矛盾和不是同一族亲曾作梗阻拦；而我外婆的房子虽在舅舅名下，因其在上海，部分房子被有的远亲长期占据使用。他们以为我迟早会去居住，担心利益受损。因此，在下乡的那些日子，我明里暗里感受到来自多方面的无形和有形的使绊，起初有些困惑，不明就里。在经历了诸多事情后，才逐渐明白原委，并从中体悟到现实世界的阴郁复杂远比内心的想象更为惊心动魄，这在往后的人生中也证明了这一点。不过，庆幸的是在这场初涉人生的历练中，我也遇到了许多人的真诚相助。大队赵支书总穿一件藏青布衫，温和谦逊，说起话来笑眯眯的，内心却有着无比坚韧意志。从一开始，他就以满腔的热忱力排阻碍接纳了我，在生活和待遇上按照政策要求，给予周到安排。他时常说："知识青年是响应国家号召来的，我们要关心爱护。"正是在他如阳光般和煦的笑容中，我感受到了一种抚慰。我和其同属一个生产队，他家的大门对我始终是敞开的，有的农具我没有，随时可到他家去借用。有年冬天去围海涂，他怕我在冰天雪地里受苦，把我抽调到大队部，跟随他做些事务工作，不用再像前一次围海涂，须天天去海边挖泥。发生江难事故后，考虑到我的安全，经与大队支部研究并报公社，又让我去新建的村小学校教书。可惜他老婆却在那场江难中早早地走了。大队治保委员阿强是个豪爽之人，那张国字脸上总是布满了笑容，一边抽着烟，一边吐着烟雾，在我插队一事上也是鼎力支持，母亲和我第一次去村里就是在他家落的脚。刚下乡时每天中午的一顿饭，都由他老婆帮助蒸好，我放工回来就可吃上热乎乎的饭。我所在的生产队队长杜国达，按辈分我要叫他舅舅。他那时刚 30 出头，英俊干练，两道剑眉下目光炯炯，也是个正直有担当的人。当时队里各种人都有，他看我瘦弱怕被人欺，常给予关照，活也尽量分配得轻些。有时田头歇息，特意坐在我身旁，聊聊天，教些农活的方法。我晒在场地上的柴火遇到下雨时人不在，他老婆便主动帮助收起。在那样的境况下，正是这些点点滴滴的美好，给了我支撑的力量，也带来了心头的暖意。我下乡后，村里按政策分给我一块自留地，可一开始不知道种啥，也不知如何打理。这时，队里的两个小伙子主动出手相助。一个小伙子脸黝黑，个儿不高人很壮实；另一位小伙子长得瘦高，话不多却仗义。我们是在劳作中相识，并结下友情。可时间久远，我已记不得他们的名字。他们帮我一起翻地，种上玉米、黄豆和向日葵等农作物。当时碰到最大的问题，缺肥料。村里每家都有粪缸，我没有。他们一次次挑来自家的有机肥帮我浇上，总算解了燃眉之急。正是他们的帮助，庄稼长势喜人。看着地头的葵花，在玉米伸展出的粗长枝叶映衬下浓烈地开放着，我想，这是大地赠予我的美好吧。

四

苏联有一部电影叫《乡村女教师》，上世纪50年代曾风靡中国。这部影片我没看过，但自己有过的乡村教师经历至今难忘。那年，村里把祠堂拆了，在原址上扩建了新学校。整个夏天，我与一些村民参与基建，运砖搬石整天一身泥。暑期一结束，新校就开学了。我作为四年级班主任的同时也跨进了校门，开始了一段教书生涯。从此，不再出工了，可书怎么教，对我这个刚出校门之人又是个考验。上第一堂课，学生们睁着明亮又好奇的眼睛，窗户外也趴着一些村民，他们想瞧瞧我这个长得一张娃娃脸的知青怎么教书。我仿佛视而不见，站在讲台上，一边板书，一边教学生们用普通话念课文。初秋的风吹进来，带着村野草木清新的气息，也让我感觉良好。那个时候，当地没人讲普通话，老师历来用本地土话教学，讲普通话被嘲笑为打官腔。有的学生不好意思念，念着念着就笑出声来。但我坚持用普通话教，也要求学生必须用普通话读，时间一久也就适应了。每天学校朗朗的读书声中，我们班的普通话朗读成了一道独特的风景。当然，问题也来了。比如有几个男生调皮捣蛋，上课影响别人，我怕会瘟疫般蔓延，好几次把他们叫到黑板前低头思过。后来觉得不是办法，便主动接近他们，下课后常与之一起玩耍。古人说，导之则泉注。渐渐，他们收敛了许多。班上还有个女生非常聪明，学习拔尖，其最大特点喜欢提问题，大大的眼睛盛满了问号，总觉得有无数问题要问你。每每面对投来的清澈目光，使我感到一种责任，不敢懈怠。好在有身边同仁常给予指点，一些教学难点逐一化解，并与学生们也拉近了关系。

那时，大家都管我叫小陈老师，因校中还有个年纪比我大的陈姓老师。有天节假日，我回城正在街上走着，忽见一群童影闪过，然后齐亮亮传过几声“小陈老师”的喊声，引得旁人诧异地回望。我一下红了脸，再一看是班上那个提问女生和另外几个学生，她们也来城里了，正想打招呼，她们已笑着逃离了。我又好气又好笑，但从她们的调皮中感到了一种被认可和亲近。村小学大多是代课老师，没有正式编制，一个年级配一个，有的还兼教体育或音乐，有时还要下田干活。校长是个女的，从城里下来的公办老师。但大家不分彼此，相处融洽，课余常互相笑闹。特别是那个教五年级的男老师对教音乐的女老师似乎有点意思，经常半开玩笑半当真地当着大家面说些暧昧之语，弄得其常常面红耳赤，我们则在旁窃笑。那段时间，我也发挥自己的特长，在课余写写画画，指导学生出黑板报，过得畅快充实。

时间过得飞快，当全国恢复高考后，我匆匆报名参加了考试，由于准备不足，落榜是意料中的事。于是，萌生了参军的念头，这不仅是从小的愿望，也是内心一直追求的目标。那日，我和村里几个被推荐的小伙子一起去公社参加征兵动员会。回村的路上，见田间沟渠里翻腾着水花，远处响着抽水机“突突突”的声音，不约而同地坐到沟渠边，脱掉鞋子，卷起裤脚，双脚任性地在沟里荡起水来，笑声、歌声在风中飞扬，我仿佛看到了美好的未来在向自己招手。后来，我们又上城里进行体检，经过几轮筛选，我终于穿上了梦寐以求的军装，走向了远方的军营。多年后，当回过头来审视这段经历，觉得人生就像命运的种粒，有时恰恰艰苦环境和外在压力的催化，使之拱破土壤乃至石层，伸出它的茎芽。

太阳升起来了，暖暖地照着深秋的大地。村子随着鸡鸣狗吠，又热闹起来。我离开村里的那天，突然感到村庄、田野以及树木，都沐浴着一种奇异的光芒。风在吟唱，河水在撒欢，哗哗的树叶捧出掌声，我知道自己是幸运的，同时看着走过的村民、觅食的家禽，又有种依恋，挥洒不去那些远远近近的记忆。

老　镇

老镇是镶嵌在宁绍平原上的一颗明珠，水陆便捷，物产丰饶，尽管早没了黛瓦粉墙、小桥流水和青石板路，但我依旧叫她老镇，在我眼里她一直是副老模样。

老镇处于山与江的狭长地带，一条通往宁波的铁路从其头边穿越而过。老镇历史悠久，相传尧舜时就有了这个地方，是虞舜后代的封地，直至现在仍留有舜时的遗迹。孩提时不知大人叫一些井、桥、庙名前都带个舜字，后才明白缘由。记得先前镇头有座大舜庙，幼时进去过，殿阔进深，一个个泥塑大像神态各异，端庄威武，只是不知哪个是舜帝？“文革”时被毁，成了粮站。每次去购粮，目光探过隔栏，见殿堂里堆满了米袋，已不见了舜像。

早先，老镇与其他江南枕水小镇一样，中间有河，两边为民居商街，并由石桥相连。沿街商铺林立，人流穿梭，不少人家的门直达河旁；河上有船摇过，农人挑着自家的土特产从河埠拾级而上前来赶集，一派平淡的日子。可眼里这样的光景不长，也许要与县城相匹配，很快河被填了，桥被拆了，继而变成了一条马路。不久，马路又延伸拓展并浇上了柏油，两旁种上了法国梧桐。但人们仍习惯以原先的桥名来称呼所在的地段。马路下还留有水道，我曾随大人们带着手电下去捉过鱼。那时候街道上经常有游行队伍经过，老镇一遇重大节庆，马路上搭起彩棚，沿街坐满了人。我带着弟妹端个小凳子早早地候在马路边。游行队伍和彩车过来时，锣鼓喧天、彩旗飘扬、口号声声，一队接着一队，络绎不绝，不时有人走出队伍在路边放起炮仗，那落下的半截爆竹偶尔掉入人群，引起一阵惊呼。

那时，尽管河被填了，砖木结构的老屋还在，青石铺就的街巷还有。熹微晨光里，商店的一扇扇排门被揭开，点心铺早坐满了人也升腾着满屋的热气，老远就能闻到油条烧饼的香味。儿时的我最钟情的还是阳春面和小馄饨，那透着碱性的皮子裹着猪油浓香，顿时让人迷醉。夕阳下，堆在酒店门外的酒坛被镀上了一层金黄色，街边摊点传来卖炸臭豆腐的吆喝声。刚卸完货的搬运工，走进酒店，拷上几吊黄酒或烧酒，切上一块猪头肉，用荷叶包上，再从摊上买上几串臭豆腐，往街边阴凉处一坐，便喝将起来，脸上显出一份满足。

老镇的街头总弥漫着浓郁的商业气息，如同四通八达的交通，通向繁华。小时候常逛街，一个商店进一个商店出。那时有的店堂里布满了蜘蛛网般的铁丝，线路由低到高，从四面八方汇聚至屋角最高处的收账台。手戴袖套的柜台售货员把收到的钱，麻利地夹进头顶上的夹子，然后往上一推，夹子就顺着铁丝很快滑到了收账台，随着一阵“噼里啪啦”的算盘珠声，收款员把票据和结好的钱又往下一送，交割就完成了。此时，那些夹子在溜索上来来去去，发出唰唰的声音，看得人眼花缭乱。在废旧物品收购店看到的又是另一番景象。那墙上挂着一张张用竹片撑开的各色兽皮，最多的是黄鼠狼皮，如入动物园，让我认识了诸多动物。还有那打铁店，布满灰尘的墙上挂满了锄头、铁铲、镰刀等农具，几个腰系油布围裙的粗壮男人从炉膛中抽出透红的铁块放至铁桩上，反复不断地击打直至变形，然后扔进脚旁的水桶，随即“刺啦”一声冒出一股青烟，此时炉中的火光映着他们黑红的脸膛，也照亮了整个屋子。当然，最迷恋的还是书店，踮起脚，逡巡着书架上一本本书。那里摆有好多小人书，边上还置着桌子和条凳，两分钱看一本，一坐下就挪不开步了。

当时光在老镇每个角落里停留又缓缓流动的时候，镇外轮船码头边上的运河水也在静静流淌，它与外江相通，随潮而涨，随潮而落，河岸边泛着深褐色光滑的泥土。码头上停满了大小客货船只，水运繁忙。儿时和小伙伴们常到这条河上玩水、摸鱼，在这里学会了游泳。有一回，一头扎进河里，从对岸往回游时，遇外江水进来，人被急流推着往下冲去，连呛了几口水。瞬间有种绝望袭来，继而变成了求生的动力，我拼命划水，终于游到了岸边，却已不在原来的地方。那一刻，落日正照在河面上，我望过去有种重生的感觉。这条河最终在城市建设中也消失了，成了直通江两岸的大道。

渐渐，老镇已看不出她的老，而是愈发的年轻且不断长大，往昔与沉浮被一座座拔地而起的高楼大厦所湮没。离开老镇已经多年，可记忆里总还是老镇的人物和故事，就像莫奈笔下的油画，有着无比清晰的轮廓和无数模糊的细节。灯影阑珊，秋月高悬，梦中依然是粉墙弄堂、奔涌流水，老镇那拉长着晨曦和夕阳的影子已深深镌刻于心。

温馨的餐车

从上海坐高铁去北京，越长江，过江淮，一路往前，就是坦荡如砥的平原了。这些年去北京，大多是坐飞机，来去匆匆。坐在舒适的车厢里，望着窗外的沃野，却早不是先前印象里的景致了。

对眼前的这片土地，我曾是多么的熟悉，从儿时跟着父亲去山东老家多次穿梭于此，到后来参军去了北方，更是经常往返于这条铁路线。那时外面的景色大都灰蒙蒙的，大地贫瘠而萧索。坐车也是苦不堪言，不说拥挤脏乱，车上也没卖盒饭的，肚子饿了要么自带干粮充饥，要么下车买食品，每当列车一靠站台，人们蜂拥而至，站台上的流动推车旁围满了人。尽管车上辟有餐车，但很少有人去。那会儿，每每经过餐车，或有时车停站台，从车窗望到对面列车上的餐车厢，总会莫名地生出些许羡慕。在拥挤不堪的列车上唯有这节车厢整洁敞亮，别具一格，窗上斜挂着丝绒窗帘，餐桌上放着花瓶，尤其晚上，在餐车昏黄的灯光下，那些来回走动的人影，更让人产生一丝神秘。有一次，从山东回来的路上，当从睡梦中醒来，窗外已是一片亮色的时候，父亲说带我们去餐车吃早餐。第一次走进餐车，兴奋的心情不言而喻，饭菜飘香间涌动着腾腾热气，隔绝了外面的嘈杂，仿佛走进一个新奇的世界。在铺着的洁白台布上，父亲给我们兄妹每人点了一份牛奶、面包和煎鸡蛋。这是一份简单的早餐，也是难忘的早餐，今天看来不足为奇，但那时觉得已是十分的奢侈。在这个寒冷的早晨，面对窗外的冰天雪地，我感到周身被一股暖意簇拥着，特别的温馨美好。杜鲁门·卡波特在《蒂凡尼的早餐》里也提到过一个让人充满热望、充满追求的早晨，尽管那是在纽约的布鲁克林，但对我来说都是一样的，这个早晨已深深印入我的脑海。母亲在世时常说，人在外想吃就吃，不要节省，要节省在家里节省。父亲当时是否也是这样想的呢？在我以后的探亲或出差途中，凡遇坐火车，一到餐点常会穿过一节节车厢去餐车，坐在桌旁，望着窗外飞逝而过的景物，虽没了过往的新奇，却会想起孩童时的梦和母亲的话来。

当然，在儿时的记忆里，除对餐车的向往，也有被沿途美味特产的诱惑。那时，每到一个车站，不管白天晚上，路基下总会拥来许多兜卖货物的男女老少，他们挎着篮子，对着车窗大声吆喝，有卖烧鸡的，也有卖红枣、花生和煎饼的。最吸引人的还是安徽符离集烧鸡，每回到符离集这个车站好像总在半夜，但烧鸡的香味会不择时机地随着夜风飘进车内，瞌睡最终敌不过味蕾的撞击，人们睡眼惺忪地把头伸出窗外，一番交易后，车下就递上一只只还冒着热气的烧鸡。咬口鸡肉，满嘴鲜美，刚好成全一顿夜宵。人在旅途，美食往往是消除寂寞困顿的一件乐事。符离集烧鸡号称中国四大名烧鸡之一，有两千多年的制作历史。父亲每次要多买上几只带回家。记得当年我在上海空军政治学院上学时，有回父亲从北方开会回来顺道看我，还带来一只符离集烧鸡，很快让我和周围的战友一起分享了。前些年，该烧鸡上海也有卖，但口感大不如以前，这些年更是难觅正宗的符离集烧鸡了。

又到饭点了，听着广播，我习惯地起身走向餐车。餐车依然干净，但没了先前现点现炒的烟火气了。饭菜与车厢内流动卖的成品盒饭无异，连汤也是压缩的，无非有热水可泡和有椅子可坐。因为简便，少了许多环节，也少了一股热腾腾地暖意和情味。柜台上在兜售真空包装的山东德州扒鸡，包装盒很漂亮，我想买一只，最终还是放弃了。新闻上说，现在高铁上可以订外卖了，网络时代每天都会带来意想不到的变化，真是连眨眼的速度都跟不上。趁着吃饭的空隙，透过车窗望去，外面不断闪过茂盛的绿色和新建的大楼，可我没有看到我要看的风景。

秋日思塞外

时至九月，秋雨连绵，凉意阵阵。虽满目仍是江南的葱茏，却无端地念起北国，心已在塞外。想着在朔风中，那里不仅飘零着落叶，也飘舞着雪花。北方的寒意来得总是那么早，十月不到，大地已变得萧索起来。记得那年秋天，部队从阴山脚下的靶场打靶归来，几个战友顺便带来了从农家地里买来的西瓜，可瓜尚未切开，天却骤冷，下起了雪，于是，围着火炉吃西瓜，成了另一番风味。

有回探亲返部队，走京包线出塞正是秋日。过居庸关后，山势陡峭，绝壁林立，远处的群山渐呈黄色，横卧河溪间的乱石在灰暗的天色中闪着冷冷的光，越往前走，越现肃杀之气，与八达岭这边的青峰翠谷形成鲜明对照。汉《李陵答苏武书》中说，“凉秋九月，塞外草衰”。在那样的境况下，人的心境也很容易陷入寂寞中。如我刚告别亲人，从山青水秀的家乡出来，耳边还响着酣热的话语，车窗外已是一片冷寂，便一路无语。难怪当年身处胡地的李陵，耳闻悲风萧条之声，夜不能寐，不觉泪下。虽他带着屈辱，心有隐痛，可从来将士出塞多悲壮却是实情。古来征战几人回，尤其那些身经百战的骁勇之将不仅要直面沙场的惨烈，还要经历朝堂的凶险。“角色满天秋色里，塞上胭脂凝夜紫。”在绮丽的秋色里，战场的血腥却触目惊心。南朝梁刘孝标《出塞》诗中云：“蓟门秋气清，飞将出长城，绝漠冲风急，交河夜月明。”边关冷月，金戈铁马，更是豪迈中透凄冷。戍边苦，没有一片丹心难持守。

到塞外数年，整整三个春秋没有回家。最初新兵连的操场，正对着一条铁路线，每天枯燥地踢着正步，看着来来往往的火车，心也随之飞向了远方。但日子久了就习惯了，分到连队，虽宿于泥坯土房里，嚼着大米夹着玉米的二米饭，面对时时袭来的风沙，心还是乐呵呵的。时代不同了，一身军装，有幸为国守疆土，总有种自豪感。后至团部，营房在一沟壑中，两边是光秃秃的山峁，寸草不长，沟中两排笔挺的白杨树冲天而起。夜晚总听那风声如狼嚎，翌日满地落叶。每天一早，打扫树叶成了一项任务。中秋之夜，我独自跑到山上，席地而坐，望着天上圆月，吹起口琴……

我已很久没回塞外了，但塞外风霜、茫茫天涯、河套上的马蹄声，奔放委婉的二人台常在梦里。人就这么怪，离开了，又让你魂牵梦萦、依恋难舍。有年出差路过，特去探望曾住过的营房，却已破败坍塌，让我好一阵感叹。毕竟最美好的青春岁月洒落在这里。

在这飒飒秋景中，我又一次怀念起遥远的塞外。当穿行风尘后，发现塞外才是我感情中最深厚的，那曾经的满腔热血、爱与愁和漫漫真情依然在行程里奔流，没有走远。

上世纪80年代初，从连队抽调到团部报道组，驻地凋敝荒凉，却有一泓碧水相伴。

想念兰花

家乡会稽山一带多兰花，从小居住于此，对兰花已熟稔于心。早年头，一些山农携山货于菜市场出售，常捎带些兰花，以花苞多寡论价，价钱十分便宜，一株要不了多少钱。那时，居民家园中屋里大都置有一两盆兰花，既常见又普通。记得小时候，邻居小外婆屋中堂前的一张红木长条上放置着一盆兰花，花盆是青花瓷的，如剑般的叶子飘逸而傲然，泛着碧绿的光，其茎上淡绿色的花朵似张开的蝴蝶，娉婷曼舞，散发出幽幽的清香。小外婆偶尔会去给兰花洒些水，拿湿布擦拭叶子。有时趁其不在，我悄悄贴近兰花，上前闻香，一股淡淡的幽香袭来，直沁心脾。都说兰花难养，可在那片土地上，兰花无须多打理，开得总是那么鲜润、那么蓬勃。

及至年少，每年的春节后，我常与同伴带着工具上山挖野兰花。那时，正是春兰开放之际。早春的山间处处透着草木的清香。兰花喜阴畏阳，往往长于通风背阳的幽谷山崖中。我们在茂树修竹下、草丛树叶间细细搜寻，一旦拨开草叶，发现藏匿其中的兰花，就会喜不自禁，心似兔子扑扑乱跳。我总感到兰花与人是缘分的，有时遍寻山野也难觅踪迹；有时踏破铁鞋无觅处，得来全不费工夫，发现一株兰花，竟引来周围一片。运气好的话，能撞到一株九头兰，那绿叶间齐齐挨挨地伸展着九个芦头，花苞被几层色泽糯润的衣壳紧紧包裹着，有的苞尖如张嘴的小鸟已从壳中探出，一瞬间，让人欣喜若狂。我们小心翼翼地连根带泥挖出兰花轻轻放入袋中，兴冲冲下山而归。那时，也没什么讲究，找来一些坛坛罐罐，甚至破旧脸盆，培上山上带来的泥土，植上兰花。不久花苞就一朵朵地陆续绽放，弥漫开阵阵的幽香。

后参军远至北国，数年未见兰花，每当春天的原野上各色野花盛开，不禁想起家乡山中的兰花，那幽香似乎又在鼻间萦绕。待到有年春节回家探亲，我急不可耐地又一次上山挖兰花，面对满眼的竹林，吮吸着山野的芬芳，仿佛又回到年少时。当回家找出花盆，再次种上一盆盆兰花，母亲很开心，笑着说，你去部队这几年，家里还没养过兰花呢。听了母亲的话，心里不是滋味。我知道母亲喜欢兰花，可兰花有期开，我却无期栽。

孔子说："芷兰生幽谷，不以无人而不芳。"兰花身心清雅，性情淡泊，不事张扬，羞与凡花争奇斗艳，默默释放着馨香，这也是我喜爱兰花之处。日子稳定后，我曾一度在自个儿家中养过兰花，那是从花鸟市场买来的一盆春兰，可花开过后，叶片渐渐枯萎，最终没养好。我想，大概这独立于幽谷中的兰花，不适应都市里的喧闹。

岁暮总是来得太快，一晃往事已在烟尘中。据说现在家乡山中已难见兰花了，且一棵好品种的兰花价钱也大得惊人。今年趁着春节回家乡，我再去爬山，虽不是挖兰花，但看到满目苍翠时，又想起当年挖兰花的情景，眼前浮现出儿时见到的那些普通而平常的兰花，她们在微风中摇曳，姿容嫣然，含羞不语，独自芬芳，给人一种淡淡的柔美和梦幻般的韵味。

蔼蔼桑叶肥

看到那一片片翠绿的叶子时，心一下荡漾开了，随微风皱起细细的涟漪。我是在郊外的一家农户院中见到这棵葳蕤的桑树，透亮阔大的叶片在阳光下闪着晶莹的光。我情不自禁地走近它，有种想摘下叶子的冲动。翠绿的桑叶使我心动，也让我想起往事。

小时候，养过蚕。同学送我一张纸，上面撒满了一粒粒黄色的蚕卵。把它放进纸盒，焐在被子里，不久打开，竟惊喜地发现里边有一条条黝黑、细小如蚁的小虫在蠕动，这就是刚孵出的蚕宝宝。它们昂着头，嗷嗷待哺，这时就要放上它们的饲料——桑叶。开始，桑叶是同学给我的，一只只小蚕爬在嫩绿的桑叶上，慢悠悠地吃着叶子的边沿，一方天地里俨然是它们的世界。渐渐，其身躯变大，呈奶白色，圆滚滚地扭来扭去，煞是可爱。蚕的胃口越来越大，进食速度明显加快，可偏偏桑叶供不上了。那时，城里桑树不多，要找到桑叶并非易事。和同学转了好久，蓦然发现一个弄堂里有几条桑树枝伸展在墙外，这让我们喜出望外。无奈墙高攀不到，大家当即搭起人梯，爬上墙头。摘得正欢，不料墙上瓦片掉落地上，响声惊动了院中主人，他出门见之，便大声呵斥，吓得我们急忙跳下墙头落荒而逃。那段时间，常常为寻找桑叶而犯愁，连梦中都想着桑叶。眼看着要断炊，只好退而求其次，找些柞树叶、莴苣叶来喂蚕。也许正是那时找桑叶留下的烙印，凡日后见到桑叶，我都会有种心旌荡漾、如获至宝的感觉，眼睛为之一亮。每次坐车途经杭嘉湖平原，望着路边田野里那一片片桑树上缀着的碧绿叶儿，总是目光难移，心想儿时要遇到这么多的桑树该多好！

有年去西班牙第三大城市瓦伦西亚，经过一些街道，见路两旁植有不少桑树，树影婆娑，巴掌大的叶子都快垂到了地上。在异国他乡见到如此多的桑树，一股亲切感扑面而来。陪同的导游是南京人，留学后留在当地工作。说起桑树，想不到他童年也有过和我相似的经历，为养蚕曾去别人家院子偷摘桑叶，时常为无法获得桑叶而苦恼。他一边开着车，一边笑着回忆童年的趣事，仿佛又回到了那欣然陶然的光阴里。瓦伦西亚气候与我国南方差不多，光照充足，四季常青，我不清楚该地为何栽有这么多桑树？但我知道中国是世界上种桑最早的国家，桑树栽培已有七千多年的历史。《诗经》有云：“菀彼桑柔，其下侯旬。”柔嫩的桑叶非常茂盛，树下一片凉荫。可见那时已大量种植桑树了，且经常成为男女谈情说爱的地方，“期我乎桑中，要我乎上宫”说的就是男女去桑田约会，相邀上楼诉衷怀。更有少女借桑叶的美茂来映衬心中的爱情滋长和初恋情怀，“隰桑有阿，其叶有沃。既见君子，云何不乐?”多么美好的桑叶啊，这里已被展现得淋漓尽致。

芃芃麦苗长，蔼蔼桑叶肥。佛说，所有的遇见，都是一种偿还。每一次见到桑树，那飘逸的桑叶总让我心醉，这不仅是一种缘分的牵引，带回童年的快乐；更是一种心愿的补偿，让我更加珍惜身边的每一份感情。

小白楼

我是晚上路过时偶然见到这两栋旧楼的。已有十多年没往这边走了，今天突然走过，发现环境已大为改变，快认不出了。眼前这两栋旧楼像个风烛残年的老人黑黢黢地立于暮色之中，是那样的熟悉又有些陌生。风吹着破败的窗框，只有几个窗户仍亮着灯光，在周围耸立而起的豪华别墅和时尚公寓之间，它们已被挤压在一片低洼地里，显得那么孤单和不合时宜，又似乎有些倔强。我以为这一地域转入地方后，它们在很多年前就已经消失了，想不到仍存在着。

在黑暗中，我出神地注视着这两栋曾经处于部队营区中的住宅，梦幻般的岁月在眼前浮动。很多年前我曾在这其中的一栋楼里居住过，那时它们被称为“小白楼”，是营区家属区内如鹤立鸡群般的唯一两栋楼。我不清楚其建于何年，但最初见到时外墙面并非白色而呈乳黄色。它们最早为部队飞行员公寓，后又成为机关和地勤人员的家属楼。在住房十分紧张的那个年代，我新婚时竟幸运地被分配进该楼。虽然墙已斑驳，楼道内黑乎乎的，但毕竟有了二室一厅的居室，仍很兴奋。我买来了涂料和油漆，对房间重新作了粉饰，让木工修复了有些破烂的窗框，购置了新家具，并特定制了一个书柜，使跟随我多年漂泊的书籍终于有了安身之处。当挂上窗帘，待一切布置停当，温馨的气氛洋溢而出。尽管后来楼顶出现几处渗漏，洇出黑黑的斑迹，让营房部门多次进行修缮。但在我多年辗转中，小白楼还是给我留下了深刻的印象。

至今想起来，那是段多么幸福的日子。生活虽简朴，却过得单纯而充实，我经常下部队采访，回来后又伏案赶稿，往往至深夜。儿子就在这个时候出生了。每当下班回来，看着渐渐长大的他在床上翻跟头或在地上蹒跚而行，便喜不自禁地上前拥抱，妻子也早已在桌上摆好了饭菜。顿时，一天的疲惫一扫而光。那时候，小白楼周围除了几条进出道路和几排小平房，就是田地和河沟。一出门，就见葱绿的蔬菜和在沟边飘荡的芦苇，那些蔬菜大都是一些家属种植的，地里五花八门，四季时鲜不断，每到空闲，总有人在那里翻地垄沟，直到日落时。到了大雨天，这里也会水漫金山，水不仅涌进了田地，也漫进了楼道，此时就有从河沟里跑出的鱼在浑浊的水中游动，随手用手一抓或用箩筐一扑就可以捉到。小白楼再往前就是湿地了，那边有浓密的参天大树和多种鸟类的出没。夏日的夜晚，灯光暗淡的路基下到处响着夏虫的鸣叫。而白天掩映于树下的沟渠里不时闪过龙虾的身影，拿一根杆子系上线，随便找个诱饵，伸在水里，很快钓上一大盆。这时，阳光在沟渠边晃荡，凉风从远处的湿地吹过来，吹弯了芦苇，也吹爽了人，时光在安宁中飘过。

如今小白楼依旧，那些日子已不再。对于这些，以前并未觉得什么，现在追忆起来，忽然感到那波澜不惊的岁月原来很美好，总有种朴素、亲切、熟稔的东西深入心底。小白楼对我而言是什么？当再次面对它时，心里除了增添对时空变幻的感慨，还有些淡淡的莫名忧伤。尽管这里再无当年的气息，往日的清静已成喧闹，但它毕竟是我人生中的若干车站中的一站，承载了我的青春、奋斗和家庭。凝望着小白楼，我感觉它仍很美。

第二辑

亲情存念

过往如流水而去，无法挽留，也无法重返，留下的唯有记忆。许多美好不会因为时间的流逝而减弱甚至消失，反而会变得更加浓烈而深刻。

梦里又见杜鹃红

我脑中一直有幅画：父亲斜挎驳壳枪，腰系皮带，腿缚绑带，骑在一匹白色的高头大马上，眼望对面崇山峻岭，饮马江水。那是多么英武潇洒，昂扬中充满憧憬和自信。那正是解放战争最辉煌之时，父亲所在的人民解放军第三野战军35军自渡过长江打下南京后一路南下，沿着杭甬公路追敌于曹娥江边。对面山头上尽管仍有国民党青年军一部负隅顽抗，但已成惊弓之鸟，在我军迂回包抄和反击之下，很快放弃防御，向宁波、舟山海上溃逃而去。

小时候，我曾一次次登上这座叫龙山的山峰，山虽不高，却地势险要，群山环拱，居高临下，放眼望去，江对岸一览无遗。多少年过去了，在萋萋荒草和浓密的灌木丛中仍隐约可见迂回蜿蜒的战壕，那山坡中有一块高高的烈士纪念碑，碑后葬着两名渡江作战牺牲的三野战士。山野一片寂静，虽早已没有了战斗的硝烟，只有轻柔的风声和一片嫣红的杜鹃花。耳旁却有金戈铁马之声渐渐传来，走来的队伍里，我见到了父亲的身影。

父亲打过不少仗，也历经过无数险境。那会儿，父亲所在部队一口气打到了宁波，在肃清陆上残敌后，折返会稽山一带安营扎寨。刚满 20 岁的父亲，血气方刚，多年的沙场驰骋，早习惯了“剑在我身，铿锵马上行”，突然战事消停，一时真还有些不适应。

然而，刚解放的江南并不平静。不甘心退出历史舞台的国民党反动派，组织各类散兵游勇，拉旗占山，趁新兴的人民政权立足未稳，一有机会就兴风作浪。一日，一队全副武装的土匪大摇大摆地出现在城中我军司令部驻地。那时正是夏天，骄阳似火，来人个个人高马大，腰间别着二十响的快慢机，手握美式卡宾枪，裤腿绑带间插有匕首，约百多人，像是从远方赶来。领头的土匪上前向哨兵通报，说是前来投诚，要见最高长官。

司令部驻地在一家深宅大院内，进门后穿过堂屋便是一个大院，四周是两层木结构楼房，窗户都对着院子，楼外是后院和一条护城河，由一座小桥相连。院中除一些机关干部和隔河驻着两个连队，其余部队均在外地剿匪。正在楼上开会的首长接到报告，当机立断，速从河对岸调来兵力悄悄进入楼中布好警戒，并让人安排投诚土匪进到前院待命。父亲也就是在那个时候出现的。他受命以上楼等候首长见面为由，带走那个领头土匪。匪头可能仗着自己人多武器好，也没多犹豫，便随父亲上楼。进入房间，父亲端来一盆水，递上毛巾，请他洗脸。那人稍作迟疑，但一摸脸上的汗水，还是拿过毛巾。就在弯腰把脸埋入脸盆之时，刚才还是艳阳的天空突然乌云密布，窗外响起一声闷雷，随着一道电光闪过，大雨倾盆而下。与此同时，院子里也枪声大作。那匪头目一怔，正欲抬头，没等反应过来，父亲早已迅即用枪顶住他脑门，卸下其腰间手枪。他如泥鳅般猛地溜向窗边欲跳楼，父亲一枪击中其腿部。这时外面的枪声和手榴弹的爆炸声更是响成一团。不久，枪声渐趋平息。原来，这是一批从一个叫马山的地方过来的土匪，他们探听到我军主力外出，城中兵力空虚，精心策划了这场以假投降为“诱饵”、直指首脑机关的“斩首行动”。岂料其如意算盘被我军识破，将计就计，来了个“瓮中捉鳖”。因土匪头目被擒，群龙无首，加上天公作美，这股土匪遂被包了饺子。

此次假投降事件后，我军摸清敌情，马上调集部队趁夜分水陆两路直捣该股土匪老巢马山。该地前靠陆地，后临大海，河道密布。匪首老奸巨猾，往常一有风吹草动，便溜之海上，我军几次围剿都扑了空。这次，先断其海上退路，再在河中陆上布阵。父亲带侦察连尖刀排直插其住宿。这天夜晚，匪首又与情妇进入了温柔乡，耳鬓厮磨，共度良宵。不过，他还是留了一手，住宿选在临河的房子里，后窗有船相候，有事则可翻窗而越。夜色深沉，只有天上的星星还不知疲倦地眨着眼睛。踏在石板路上，怕弄出声响，父亲带尖刀排赤脚摸进村里，在端掉守卫匪兵后，直扑匪首之屋，形成前后包围之势。战斗很快打响，随着四面八方的枪声响起，战士们破门而入，只听“扑通”一声，一个黑影越窗而出。父亲暗笑一声。不一会儿，窗外传来匪首被活捉的报告。点亮油灯，从其枕下搜出两把手枪，闪在一旁的情妇早已浑身如筛糠。这一仗打得干净利落，土匪基本被肃清。

在父亲诸多参与剿匪之战中，这个故事最让我震撼，不仅惊心动魄，也为其临危不惧、沉着冷静的胆魄。在儿时眼里，父亲总是镇定自若，不苟言笑。可看他年轻时穿军装的照片，英姿飒爽中透出的是一副文质彬彬的样子，无法想象他打仗时的勇猛。父亲说，遇战斗危急时，他要骂人的。1947 年，蒋军重点进攻山东，有次部队分散行动时在山中遇敌，敌人很快漫山遍野包抄上来。那山陡峭险峻，作为营通讯班长的父亲，一面阻敌，一面掩护营领导往山下撤退。到一山口，气喘吁吁的教导员不愿再往前跑了，眼看敌军迫近，父亲急得狠骂一声，不知哪来的气力，拽起他拼命往山下奔去，直至摆脱敌军。

往后的剿匪中，为加强地方武装力量，父亲从野战军下到了地方部队任区武装部长。很快，吃过几次亏的土匪对这个来自北方的小伙子又恨又怕。有回父亲带一民兵外出，途经一座山，突然，从山上打来冷枪，子弹“嗖嗖”地落在前后路上，蹦起几缕青烟。父亲抬头望去，山头闪过几个人影，正往下打枪，他往前走几步，就有子弹不偏不倚地落在前后。父亲知道这是盘踞这一带的土匪给他的下马威和挑衅。父亲二话没说，拿过民兵手中的步枪，朝山上扣动扳机，“砰、砰”就是几枪，那几个人影立马缩回不见了。这就是父亲的性格，从不示弱，在他以后的生涯中也是如此。后来，抓住了这股土匪的参谋长，他交代打黑枪就是为警告和吓唬父亲。该股土匪司令在围剿中漏网逃至上海，父亲根据线索，又单枪匹马追到上海，终将其抓获。

春风轻抚江南，无边的绿意覆盖大地，一片绚艳明媚的杜鹃花映红了幽静的山谷。如今，父亲已长眠于这片曾经绽放青春和挥洒热血的地方。而那片嫣然的杜鹃花总时常盛开在我思念父亲的梦里，浸润蛰伏已久的记忆。回想父亲的那些故事，于传奇中，常常让我感慨那一辈人的坚韧和勇敢。他们的血性和力量，尽管已凝固静默于久远的岁月里，但仍不断喷薄而出，仍能触摸到浩荡的英雄之气。每每思之，心海荡漾，泪眼蒙眬。

右一为战争年代的父亲

莱芜战役纪事*

/ 父亲陈存杰回忆录

2005 年 5 月 23 日

面对今天和平繁荣的幸福景象，常常心潮难平，眼前时常浮现起硝烟弥漫的战争岁月，那些可亲可爱的战友面孔，尤其当年参加莱芜战役时的情景依然历历在目。

抗日战争胜利后，全国人民特别是解放区人民渴望和平，但蒋介石在美帝国主义的全力支持下，出于他们的反动本性一手挑起了全面内战。内战一开始，蒋介石首先把目标对准了山东解放区，叫嚣要在三个月内消灭山东共军。为此，蒋介石调集了 24 个正规军，45 万余人，并把他的主力中的三大主力集中在山东战场上，对山东解放区实行南北夹击，进攻重点直指沂蒙山区。敌人每到一处，杀人如麻，一片狼烟，纠集当地的地痞流氓、兵痞土匪、地主土豪组成还乡团，反攻倒算，镇压人民；蒋介石的军队打到哪里，还乡团就跟到哪里，建立伪政权，破坏我党的基层组织，杀害我基层干部和进步群众，并为蒋军筹粮捐款，维护其反动统治。针对这一严峻形势，我解放区党政军坚决贯彻执行党中央、毛主席的战略步骤，不惜一城一池，保存有生力量，展开运动战和游击战，大踏步前进，大踏步后退，抓住敌人的薄弱点，集中优势兵力歼灭敌人。我军采取南北防御作战，南线在鲁南地区部署歼敌，北线在胶济路以南地区阻击敌人，寻找战机。北线进攻的敌人是国民党第二绥靖区中将副司令李仙洲率领的第八军、第十二军、第四十六军、第七十三军和一个警察大队，都是美式装备的机械化部队。尤其是第八军更显凶猛，于1946年6月开始向鲁中解放区进攻，首先袭击了我鲁中第一军区司令部和部分部队，占领了历城、商丘、淄川、博山和莱芜北部地区，敌人来势凶猛，不可一世。为了狠狠打击敌人的嚣张气焰，我所在的鲁中军区部队，抓住战机，于1946年9月的一个晚上，趁阴雨天气，围困突击了集中在莱芜北部山区几个村庄的两个团的敌人。当时，敌人已在村庄外围修筑了工事，所有山头都派兵把守。我鲁中部队是第一次同国民党主力交战，因此，军区首长亲临战场指挥，通过这次战斗，以总结与国民党正规军作战的经验。

这次战斗中，鲁中军区四师（为军区主力）打敌军增援，九师和军区警备旅打主攻，军区特务营作机动。那时，我任特务营通信班副班长。部队在绵绵细雨中迂回前进。当摸到与敌人几公尺距离时，敌人喊叫“哪个”？前面的战士回答是“自己人”。随即一排手榴弹甩过去，紧接着，机枪、步枪齐发，打得非常激烈。敌军很顽固，不肯缴枪。部队几次上去后都被敌军压了下来，多次形成拉锯战。军区首长马上改变战术，把部队分成三路，即一部分正面进攻，一部分迂回至敌人侧面袭击，并叫特务营佯攻，钳制敌人，形成交叉火力夹击敌人。这一招果然灵验，部队很快攻进了村庄。此时，四面是山的村庄，山头上有三面已被我军占领，但村庄里的战斗仍很激烈，战斗呈现出白热化，从晚上 8 点钟开始，反复冲杀一直至第二天清早才结束。

早上太阳刚出，敌机就在上空出现，反复对我阵地俯冲轰炸扫射。国民党第八军全军开始向我鲁中军区部队反扑，敌人如蝗虫般蜂拥而来。我四师派兵进行抗击，却不胜敌人的强大炮火的压力，只好边打边撤，退到我军预设的阵地上，然后准备转移。

这一仗虽然不大，战斗却打了整整九个半小时，消灭敌军一个团另俘虏敌一个营，有力打击了敌军的气焰。但我们也为此付出了很大代价，战斗下来，有的连队只剩下了十几个人。我们警备旅一团在抗日战争时期涌现出的两位战斗英雄在这次战斗中先后牺牲了，其中一位姓陶的战斗英雄在敌人涌上来之际，为掩护部队撤退，毅然身抱炸药包冲向敌群与敌人同归于尽。

1946 年 11 月，山东的冬季，寒风刺骨。为了配合南线我军在鲁南歼灭敌军，上级命令我鲁中部队坚决在莱芜以北阻击李仙洲兵团的南进。我鲁中部队受命予以阻击，用阵地战与游击战相结合的战略战术，与敌人周旋。为了转移敌人的正面进攻，我们发挥我军作战优势，迂回到敌人阵地同其打近战。后来，我们掌握了敌人白天进攻，晚上休息的规律，又把部队分为两部分，一部分坚持白天正面阻击敌人，另一部分利用夜晚天黑袭击敌人，搞得敌人不得安宁。用这种疲劳战术，抓住敌人的弱点，一个班、一个排、有时一个连的歼灭敌人，促使敌军不敢大胆向解放区推进，有时趑趄观望我们正面部队的行动。我们鲁中军区部队一直坚持到12月底接到命令才撤出战斗。那些日子，每天都在行军打仗中度过，有时晚上走着走着就睡着了，但我们依然保持着高昂的斗志。有一次，天连续下了三天大雪，部队首长命令我们反穿棉衣、棉帽，白色的棉夹内与大雪浑然一体，成了天然的伪装。部队冒着凛冽的寒风急行军二三十里，以出其不意、攻其不备的神速动作，进入了敌军阵地，一阵手榴弹过去，紧接着枪声大作，打得敌人昏头昏脑，不知所措。还没等敌人醒悟过来，我们已经歼灭了其一个营，打散了一个团，并活捉了一个旅参谋长。原来，我们冲进去的恰是敌人的一个旅部驻地。趁敌人乱作一团，狼狈应战时，我们已押着俘虏，带着缴获来的一批武器（我就是从这时手中有了美式冲锋枪）迅速撤出战场，转移到莱东待命。

我军撤出阻击阵地后，李仙洲兵团感到孤军深入，仍趔趄不前，但为执行蒋介石规定与南线国民党兵团在沂蒙山区会师的时间表，只好硬着头皮向前推进。这回，李仙洲非常谨慎，先让飞机在前面轰炸，再用火炮开路，凡在所进路线范围内，不管是山头还是村庄都要用大炮轰炸一遍，直炸得墙倒房塌，一片狼藉。

李仙洲兵团终于在1946年12月的中下旬（20日左右），开始向新泰、莱芜推进，于1947年1月6日到达莱芜城。他的先头部队46军占领了新泰城。李仙洲兵团的4个军、一个警察大队，进入莱芜后马上对交通要道、重镇派重兵把守，从第八军抽调一个师把守莱芜合庄。这个镇是李仙洲的弹药军需物资仓库，又是通向淄博逃跑的必经路线。在莱芜口镇派遣了一个师把守，这里是向章丘、明水逃跑的必经之路。莱芜颜庄放了一个师，作为防御莱芜城的外围一线，莱芜城15里之内都住满了李仙洲的部队。李仙洲自以为在共军南线部队来到之前，他的兵团已到达指定目标，为此有些得意。可他在新泰、莱芜驻了大约26天，仍不见南线我军部队的影子，不免有些焦急起来。正在这时，国民党第二绥靖区司令王耀武急电李仙洲，要其立即撤至明水待命。可为时已晚，我军此时已将李仙洲部包围得如铁桶般水泄不通，李仙洲顿时急得像热锅上的蚂蚁，束手无策，只好固守待援。

1947年2月1日，华野部队和鲁中军区部队发起了莱芜战役，经激战三个昼夜，完全消灭了李仙洲兵团的46军、73军、12军和兵团司令部、警察大队，打垮了第八军的两个师，俘虏七万余人，活捉将军级军官19人，毙师长一名。

我鲁中部队攻打莱芜合庄敌军一个师，战斗尚未结束，上级命令我特务营跑步去口镇接管我军六纵阵地，拦截突围出来的敌军。我们在口镇以南挖掘了临时工事，等待敌人的到来。2月2日清早，敌人果然突围出来。随着营长一声令下，大家枪弹齐发，随后跃出阵地，在一片“抓活的”喊叫声中缴了敌人一个连的械。此时，敌人的飞机像秋天的蜻蜓低空飞行，不时俯冲扫射投掷炸弹，掩护敌军突围。敌人的烟幕弹不断投射下来，滚滚浓烟遮蔽了天空，整个战场硝烟弥漫，人群不分。在烟雾中，我突然看到两个背着包袱，身穿长袍，头戴礼帽，脚穿皮鞋，戴着墨镜的年轻大汉匆匆穿行而过，我奔出战壕大喊一声“站住，举起手来”！站我身边刚从新四军调来的张教导员高声喊道：“小鬼，你抓老百姓干什么？”当时，敌机还在上空轰炸，在隆隆爆炸声中，我没听到教导员在说啥，还是冲过去抓住了这两个人，他们倒也听话，顺从地举起手来没有反抗。我押着他们来到了设立在战壕中的营指挥所。结果，解开他们身上的包袱，里面有两支手枪、一套崭新的将军服，武装带、鸭绒被和高级美式军毯，还有一大沓电报稿及国民党军队的机密文件（据说在当时很有参考价值）。随后，又从这两个人身上搜出各一支已上膛的手枪。经审问，原来这两人一个是李仙洲的秘书，一个是李仙洲的随身副官。他们逃出去是向王耀武报告莱芜战况的，并交代李仙洲已化装被俘。这时，战场上不时有三三两两的敌人突围出来，不一会，我又见一个骑川马的国民党士兵疾驰而来，我拿起枪“啪”地一枪，正好打中这个士兵的脚，随着“哎呀”一声，这家伙滚落马下，并不断地嗷嗷叫唤着，我随即把他抓住。后经审问，他就是国民党73军军长韩峻，他虽换上了士兵的服装想蒙混过关，但最终还是落了网。这次特务营拦截敌人收获甚大，俘虏了许多敌官兵，缴获了多挺机枪和许多步枪、冲锋枪及各种短枪。那条漂亮的武装带，营长郭敬富非常喜欢，经上级同意，就留给营长使用了。营长扎在腰上，虽然穿的是粗布军装，但看上去格外精神。不幸的是郭营长在1947年8月的一次险恶战斗中英勇牺牲了。后来，组织上就把这条皮带交给了我，上级知道我一直跟着郭营长，在艰险的岁月中建立了深厚的兄弟般战友感情。这条皮带是从敌人手里缴获来的，意味着我们的胜利。交给我，就是要让我继承营长的英勇善战、勇往直前的战斗作风，完成营长未竟的事业，坚持营长坚持的理想信念，将革命进行到底。

莱芜战役虽已结束，但敌机仍不甘心地在空中盘旋轰炸和俯冲扫射。趁着战斗间隙，我向营长建议，去敌人占领过的口镇看看。进到口镇一看，这里已是一片废墟，不见一个老百姓。望着这满目疮痍的景象，我不禁感慨，口镇不仅是莱芜的重镇，也是山东的重镇，这里是公路交通枢纽，也是军事要地。抗日战争胜利后，山东第一军分区司令部和我所在的部队军区警备旅一团就驻在这个镇上。当时这里很是繁华兴旺，1946年的元旦、春节，我就是在这里度过的，部队宣传部门的干部教我们唱歌跳舞扭秧歌。我在口镇的戏台上还唱过歌、跳过舞、演过戏，也去莱芜城东门外的广场戏台上演戏跳舞，同四师教导营、莱芜独立营联欢共同庆祝抗日战争胜利。我们尽情地唱、尽情地跳，当时的情景还依然在眼前，如今却已不复存在，使人不由得对蒋介石反动集团发动打内战激起无比愤恨。我跟着营长、教导员在废墟中边走边看，我听到营长对教导员说，这次要给我这个新提拔的通讯班长记个二等功。我没有吱声，我想他们两个在讨论工作，不便插嘴。但心想，记什么功，不知哪一天就牺牲了，记最大的功也不知道了。

走着走着，我们就到了口镇东门楼。一进楼门，发现里面有一具光身的男尸，从白嫩的皮肤看，年龄不过十七八岁，全身无一丝伤痕，只是从脖子下大开膛，被挖去了五脏。从这惨无人道的残酷手段来看，这个被杀害的肯定是我们的同志。口镇是六纵打的，当初部队对攻坚战缺乏经验。部队是分东西两路攻打，西路部队把口镇西门打开了一个缺口，攻进去一个营，不料就被敌人封锁了突破口，后续部队进不去，这个营也出不来，营教导员牺牲在西门旁边的墙角上，营长带领全营在口镇大街上与敌军展开激战，最终绝大部分英勇牺牲，少数人被俘。我们看见的这具尸体，很可能就是这个营被俘的战士。我建议用我们从敌人手中缴获的美式毛毯将尸体包裹好，埋在口镇以西的黄土地里，并写了一个说明附在坟堆上，我们才离开。

撤出战场后，我们特务营接受了押送李仙洲等 19 名国民党将领去鲁中军区战俘营的任务。一路上，我们让李仙洲坐在马上，自己步行。每餐饭，保证李仙洲有两菜一汤和白面馒头，而我们特务营吃的是小米干饭、大白菜烧豆腐。73 军军长韩峻因脚受伤，专门用担架抬着他，从这一点上，就充分体现了我军优待俘虏的政策。李仙洲经过改造后，解放后还担任了全国政协委员。

在这次莱芜战役中，我荣立了二等功。如今，岁月已过去了六十多年了，当年的硝烟已换来了今天繁荣的和平景象，我也进入了古稀之年。但历史是不能忘记的，也不能被磨去，它将永远铭记在人们的心头。

---

* 此文部分选节曾刊登于《大江南北》杂志。

父亲的村庄

人活着，就有记忆。无论走过多长的路，回过头来，记忆还是影影绰绰地站立在那里，望着你，那些人和事依然在你面前。

经常有人问我老家是哪里？答曰山东。对方马上一脸的惊讶和疑惑，我知道自己文弱的样子超出了其想象。可我从小填写的籍贯就是山东，父辈祖上都在那里。

我曾回过山东老家三次。第一次在襁褓中，是母亲抱着我去的。后两次由父亲带着，我已上学，有了印象。所以，在读莫言的《红高粱》系列时，格外眼熟和亲切，虽说老家与高密有一段距离，但那些风土人情并无异样。10 岁那年，刚过完春节没几天，父亲便带着我们兄妹二人启程去山东老家。那时奶奶、大爷、大娘都还在。未进门，奶奶和大娘挪着小脚就笑着迎上前来，走起路来有些晃悠；大爷下巴上有一圈黑黑硬硬的胡茬，在一旁话不多，拿着杆烟管吸几口，又啪啪地往鞋底板磕掉烟灰。院子被一道土墙围着，从低矮的木门进去，院中有一盘石磨，边上有砖头搭出的土灶，一只老旧的风箱慵懒地卧着。正面北房是大爷大娘的卧室，东面紧挨的是奶奶的住房。我们则住在西厢房，虽然老旧，已被收拾得干净利索，床上放着两床新洗过的旧被子。每个房间都有炉筒伸向墙外，炕烧得热烘烘的。村里父老乡亲闻讯我们来了，一拨一拨地赶来串门，父亲不断起身迎候。屋里挤满了人，有的盘腿坐上炕头，有的站着，我睁着一双陌生好奇的眼睛打量着他们。这时，父亲指着来客中的二大爷、春毕叔叔等几个亲友向我介绍，因为他们与奶奶家的关系非同一般。二大爷就住在大爷家隔壁，两家经常相互帮衬。他有个老母亲，患哮喘病，长年卧床，后来父亲带我特地去看望过。记得父亲带去些梨，削皮后在梨心挖个洞，放上川贝，蒸了给其吃。春毕叔是村里的文化人，看上去有些斯文，其父在济南当医生，家里条件在村里相对好些。父亲离家后，他们经常接济奶奶，奶奶每次写给父亲的信都由春毕叔叔代笔，父亲写给奶奶的信也由其代念。屋子里摆放着一张黑漆低矮的小方桌，桌面油腻而缺角少棱，中间点盏油灯。这桌平日用作吃饭，来客就当茶桌。大伙儿端个小板凳，围桌而坐，没凳的就坐在炕沿上。多年不见，却未见生分，天南海北地唠着，在如豆的灯焰里，不时地往炉中添着煤块，每个人的脸被火光映得亮闪闪的。

那会儿天气仍冷，地上积着厚厚的冰雪。天一放亮，村里三三两两的人就从屋里出来了。有老汉背着篓筐，拿根棍棒，去村外拾粪；有妇人拿着簸箕去村头的石磨磨粉，远远望去，他们身上罩着一团白色的雾气。也有孩子跟着大人端碗小米稀饭或啃着煎饼蹲在自家门前，一边看着过往的人，一边相互打着招呼。老家虽处平原，再往里走，就是山区了。那时村里的光景也如天色般灰蒙蒙的，就是一个字“穷”。我们去了，大爷尽力改善生活，自然，父亲也会拿出钱来接济他们。因此，餐桌上时而添个芹菜炒肉、炒个鸡蛋，大爷有时还跟父亲喝点老白干，也就是土烧酒。那白色的陶瓷酒盅很小，只能盛下浅浅一口酒，见他俩咪口酒，眉头一皱，嘴里发出“嗞”的一声，想必这酒一定很冲。许多时候，吃的主食就是煎饼，那金黄色的饼烙好后，被叠成厚厚一摞放于荆条筐内，吃时拿过来，再随手拿过棵大葱或裹点咸菜就填入肚中。顿时，我脑中浮起了途中火车上听到的山东快书《二分钱》里的一句词“不吃咸菜吃香菜”。最初咬着硬茬茬的煎饼也就图个新鲜，吃多了就味同嚼蜡，总感肚子里缺油水。有次，去村杂货店看到有咸带鱼卖，回来就嚷着要吃。大爷买回一条，那炸出的香味在那个时候特别诱人，至今难忘。还有回，隔壁二大爷要去赶集，我缠着也要去，但父亲不让去。二大爷笑着说，给你买块狗肉来。傍晚，二大爷回来了，果真带回一小块烧熟的香喷喷狗肉，我好一阵乐。其实要放在平日，他们哪舍得买。到村里没几天，我就与一帮刚结识的小孩混熟了。平常除了跟父亲串门，就和他们一起在村里玩。常带我的是二大爷儿子国民，他大我几岁。我们去村东头的河边看挖藕，几个农人穿着连体胶衣，敲开冰层，从河底挖出莲藕，沾着污泥的藕被一根根扔在岸上。紧靠河边的土坡上，长着一丛丛灌木林，那些光秃秃、细细的荆条，在寒风中一会儿弯腰，一会儿伸直。一些妇人正在砍伐，然后把砍倒的荆条堆在一起，就地编织起藤筐。国民还带我去了一户农家的地窖，顺着木梯下去，里边显出一个宽畅的空间，堆放着地瓜、萝卜等蔬菜。我感觉像走进了地道，北方的土质坚硬，根本不用担心坍塌。村里有所小学，我也去过几次，进了门是一个院子和三排破旧的房子，院中有块水泥浇筑的乒乓球桌，四周由砖头撑着，桌中间用一排砖隔着替代球网，这已是村里最好的体育设施了。爱打乒乓球的我，这会恰好露一手，几个回合，就把几个小伙伴杀下阵去。夜幕降临，村小学又变成了夜校扫盲班，教室里挂上了大汽油灯，村里青年男女陆续到来，大家嘻嘻哈哈打闹着，直到上课才安静。不过大多夜晚，我常与小伙伴们去柴垛旁捉迷藏。面对陌生的北方乡野，一切都吸引着我。

很快，正月十五到来了。大爷拉出猪圈里的一头猪准备杀了过节，院子里一下围上好多看热闹的人。几个帮忙的人先准备一个盆子，手忙脚乱地把猪按在门板上，一刀捅到猪脖上，没想到血还没放尽，猪挣脱后号叫着满院子奔跑起来，急得几个人在后面追，那场面既血腥又有些滑稽。后来，大爷把杀好的猪肉除自己留下和分了些亲戚，其余拿到集上卖了。正月十五在北方是个隆重的节日，踩高跷、演社戏、放鞭炮，比春节还热闹。那天，大娘包了饺子，还做了牙子灯，那灯用面团捏成船形，里面置上灯芯，放些油，点燃后托在手中。夜晚，各家小孩点着牙子灯从家中走出，小火苗在手中闪烁，星星点点地在夜色里汇成一条火龙，这大概是我儿时过得最开心的一个元宵节。那晚，我还随大人去邻村看吕剧，露天场上黑压压的全是人头，踮起脚也看不到台上演戏的人，只有那曲调忽远忽近地从台上飘来。

回家前几天，父亲对我说："你陪奶奶住一晚吧。"父亲从小离家，难得与家人相聚，这使我后来进一步感受到了父亲当时的心境。记得来山东前，母亲专门在父亲的内衣口袋里缝上线，那里面放着父亲给奶奶的生活费和一些盘缠。在拥挤的车厢里，父亲总会不自觉地摸一摸。他带着我们，背着大包小包，踩着积雪一步一个脚印地走向自己的村庄，那是故乡、那是孝心的力量支撑。晚上去奶奶屋里，奶奶亲昵地拉着我的手，一边跟我唠嗑，一边把父亲带给她吃的食品不断塞给我。那晚，我就睡在奶奶的脚后给她暖被子，把奶奶乐得直夸孝顺。

告别时，奶奶一如当年送父亲上部队时一样，站在村口，一直远远地望着我们，父亲也不断回头望向奶奶。

啊，父亲的村庄，我的故乡！

母亲的笑容

夜色里的石板路，似乎有些不平。

母亲把弟妹安顿好，与邻居打了声招呼，轻轻关上门，就上了路，带着我赶第一班去邻县的早班车。

往汽车站走去时，天还黑着，四周阒寂，房舍和街道都沉在一片淡墨似的幽暗里，地上只响着我和母亲的足音。早春的风吹来凉浸浸的，母亲赶紧解下脖子上的围巾，扎在我脖颈上，又把我吊着右臂的布带紧了紧。不出半个钟头，就到了车站。候车室里稀稀落落没几个人，不知是过夜客还是赶早车的。母亲头也不回，买好票，就匆匆带我直奔检票口，出门后上了辆停着的客车。不一会儿，车就启动了，母亲这才落定地看了我一眼，用手擦了擦脸上的汗珠。

前一天的傍晚，我从幼儿园放学，一出门，被一块石头绊倒在地，右手正好撑在前面的一个土坑里，这是个刚挖的埋电线杆的坑，杆子还躺在旁边。我一下疼得哇哇直叫，待被别人拉起，右手已伸不上去了。那会儿我上大班，是幼儿园的最后一季，入秋就要上小学了。这天我做值日生，和几个同学放学留下打扫卫生。哭声很快惊动了留在园内的一位老师，她见状马上把我送回家。母亲听了老师的叙述，赶紧放下手上的活，带我去一个住在邻近弄堂里的老太太家，这老人治小孩脱臼在附近小有名气。她让我坐在椅上，在手臂处捏了几下，前后一伸一拉，想把脱臼的手接上，可这下弄得我更疼了。她看我直叫唤，就停了手说，先回家看看吧，不行再去医院。到了晚上，手臂越发红肿，像发面似的膨胀开来不能动弹。整个晚上疼得无法入睡，母亲看我不时在哭，竟也六神无主。那时，父亲出差在外地，一时半会赶不回来。母亲想起听人说过邻县医院的祖传骨科医生治骨伤很有疗效，便决定天亮前自个儿带我去。

车窗外的天空已泛出鱼肚白，不时闪过山崖、田野、村庄，石子路上扬起的尘灰不断袭来，车如被包裹在烟尘中。我们坐在车厢的最后一排，被颠得上下左右摇晃。母亲根本无心去瞧外面的景色，眉头紧锁，不知是放心不下此刻还躺在被窝里的弟妹，还是担心我的骨伤？用手护着我的手臂，一直紧紧地盯着。

邻县终于到了，医院坐落在一片田野中，是一座很大的白色房子。母亲带着我走过去的时候，只见路两旁都是青青麦苗和油菜，那上面闪着晶莹的露珠，早晨的清凉和田畴的气息在四周弥散着，给人一种静谧幽深之意。母亲低头问我，怕不怕？我摇摇头，抬头反问母亲，你怕吗？母亲笑笑没言语，继续朝前走去。

母亲挂好号，就和我一起去了骨科，房间里病人不多，问诊的是两位三十多岁的年轻医生，相貌相似，个子一个高点，一个矮点，一看是兄弟俩。他们一家都承袭了祖传骨科医术，还有个哥哥在邻近另一个镇行医。兄弟俩非常和蔼，看了我的右手，马上让我去拍片子。等片子拿到手，高个的皱起眉头，说蛮重的，是粉碎性骨折，而且手骨已经错位。矮个的问我，怕不怕疼？我摇了摇头说不怕。“好，勇敢！”他摸了摸我的头，让我坐在一个方凳上。兄弟俩马上一个从后面抱住我，另一个在前面拉住我的手用力往后拉，我顿时感到有无数金星在眼前闪烁，屋子、人影在倾斜，一种前所未有的疼痛迅疾从喉咙的嘶叫中奔涌而出，额头和脸上冒出无数汗珠。母亲一旁见了忍不住落下泪来。这时，我眼睛余角看到了母亲好像在擦泪，突然转过头大声对母亲说，妈妈不要哭！两位医生和旁边的病人先是一愣，继而都乐了：“哟，像个男子汉！”不一会儿，我的右手就这样硬生生地被拉直复位，贴上药膏，用夹板夹紧，缠上绷带，再用纱布吊在脖子上。渐渐，我感到那股疼痛慢慢变弱了，手虽僵硬，却比先前舒适些了。此时，那位高个医生停下手来，笑着对母亲说：“好了，没事了，半个月后再来换药。”母亲立时眉宇舒展，向他们道了谢，就带我出了医院。

走出大门，已是正午。阳光柔和地从天空铺洒下来，一股暖意在周身荡漾着，我眯缝起眼睛望向前方，好像一下放松了。抬头看母亲，她也正看着我，用手抚摸着我脑袋，脸上绽着欣慰的笑容。

一晃，这已经是几十年前的事了，可就像发生在昨天，母亲的笑容依然那样清晰。

记忆总还是那一刻*

又是一个阳光灼灼的夏日，从窗口望去，骄阳下的大街似刚揭开的蒸笼冒着腾腾热气，车驶过扬起一片烟雾。

置于这样的场景下，总让我想起 2015 年那个伤心的夏日，也是在这样的日子里，父亲去了天国。那时对我不仅是一种炙烤，更是一种锥心的痛。日后的潜意识里，一次次想回避，想让岁月冲淡记忆，可无法忘却，仿佛犹在昨日。

那个夏天，已经住了一年多医院的父亲，身体像残年的老树每况愈下，步履蹒跚。以往去医院看他，每次他都坚持从病房出来送我，尽管迈步时腿有些弯曲，但还能走到电梯口，直到门关闭还一直招着手。现在只能整日躺于床上，进出要坐轮椅。此情此景，让我无比伤感。在我眼里，父亲曾经多么地威武雄壮、昂首挺胸、走路生风，那个当年身着军装、佩着中国人民解放军胸章的热血青年英武、明朗的身影一直深印脑中。如今那魁梧的身躯缩进了轮椅中，一种岁月的苍凉顿时掠过心头。每天上午，父亲总是昏昏欲睡，因为前晚吃的安眠药药性还没过。长期的失眠使父亲一到夜晚，兴奋异常。这是父亲年轻时落下的毛病，大概是战争年代滞留其脑中的弹片破坏了他的脑神经。夜晚，睡眠成为他最大的敌人，我从小就看父亲一直在与睡眠作斗争，服用无数类帮助睡眠的药物，直到年老都没停止过，可作用微乎其微，这既是意志的考验，也是肉体的煎熬。可那时父亲尽管常一夜未眠，第二天照常精神抖擞地去上班。后来，父亲养成了一个习惯，每天起床后，必泡上一杯绿茶，一天内基本茶不离口，此消彼长，以此来冲淡药物的副作用。可茶叶产生的兴奋到了晚上又使他难以入睡，有时加大安眠药剂量也无济于事。尤其母亲走后，他住到了妹妹家里，常常一整晚，房间里始终亮着灯光，开着电视机，他不停地转频道，把声音放得很响。经常半夜起来，拄着拐杖在房间里来回走着。好几次，他嚷嚷着要自个儿去老屋看看，妹妹怕他行走不便，路上不安全，就没答应。不想有天一觉醒来发现他不在房里，便急忙出门寻找。结果他就在老屋那里，因没带钥匙进不了屋，木然地坐在老屋弄堂口的一把竹椅上，茫然地望着远处……开始，我们以为他年纪大了，变得任性。其实这是内心的孤寂和焦虑，极其苦楚。忆往昔，母亲的精心照料陪伴，父亲过得悠闲自得。母亲的突然离开，使其措手不及，再没人能与他心贴心地交谈，无微不至地关心。虽然，我们也与之有交流，但根本无法替代那种与母亲心有灵犀的感应。曾经的患难与共，父亲早已习惯了和母亲在一起的日子，他不用动嘴，母亲就知道他心里想什么，这是多年的相守相知才有的默契。他是在想念母亲，还是在想念过去的时光？

父亲渐渐变得孱弱，情感也变得丰富而脆弱。俗话说，年纪大了，眼窝浅了。每当想起母亲时，不免老泪纵横，有时突然会哭出声来，像打碎的瓷瓶，碎了一地。接着，就是长久地沉默。以前对家庭琐事从不过问的他，忽而又对家事变得关心和唠叨起来，显得格外操心，他似乎在接过母亲挑过的担子，完成母亲未了的任务。每回给我们打电话或出门总要反复叮嘱。他也希望子女能常在身边，每当我们去看望，总是露出快乐的笑容，眼里充满爱意。有年冬天，我去看他，晚上睡在外屋，半夜时分，迷迷糊糊中听到窸窸窣窣的声音，原来，父亲怕我着凉，披着棉衣，抱着条毛毯，拄着拐杖，颤颤巍巍地过来给我加被子。顿时一股热流涌过心头，不禁感叹可怜天下父母心，儿女再大，在父母眼里始终是孩子，这种爱永远没有条件，没有尽头。

2015年的春节，我们要把父亲从医院接到家中过年。知道要回家了，他按捺不住地高兴，叫保姆早早地整理衣物做好准备，一连几天都在盼望着。这也是他与家人过的最后一个春节。春节过后，父亲又住进了医院。本来胃口很好的他进食渐少，对素来喜欢吃的饺子等面食也没了兴趣。其间，我去看望时，可能为刺激胃口，他说要吃豆腐乳，我特地去超市买来，可他也只吃了几口就放下了。平日，父亲没什么嗜好，唯好喝点酒，但量不多。医院的柜子里总给他备点酒，只要送去对其胃口的菜，他就会说："来点酒呗！"因为考虑身体原因，我们一直阻止其喝酒，实在拗不过，只能象征性地给倒点。他也不过多要求，只过过瘾，乐滋滋地品咂着："今天过节了！"竟显出小孩般地快乐。许多时候，父亲还是很乐观，动不动会来点幽默。每天的下午，他让保姆推着他去医院的花坛，看看那些绿色的草木和鲜艳的花朵。走在香气弥漫的花径，父亲的脸色活泛起来。面对这些蓬勃的生命，他对这个美丽而精彩的世界一定怀有浓重的依恋，多么希望能多停留些时间。我们每次去看他，保姆都会说，老爷子可会说话了，我们都说不过他。有次来了个新保姆，脸色黝黑。父亲幽默地说，你是印度来的？那女的一愣，一下没反应过来，后才知道是说她人长得黑，不禁哑然失笑。但很长时间里，父亲是寂寞的，因为没有亲人在身边，每天在病房中，要么呆呆地望着天花板，要么看看电视或与保姆聊聊天，生活枯燥而单调。同时又要面对痛苦而无休的治疗，由于长久地输液，父亲脚和手上都是肿胀的乌青和累累针孔。处于这样的境地，已身不由己，要承受着多大的苦痛？可父亲还是用其所剩无已的尊严暗暗地与自己无力的双腿、保姆甚至医护人员较劲着，有时坚持要自己站立起来，有时故意违抗她们的指令。起初，大家怪其固执，日后我才感觉到那不羁中其实隐藏着内心的不甘，努力争取一份尊严。

对父亲，我一直充满内疚。因为工作，因为不在一地，不能经常去看望照顾他。可父亲从来没有丝毫的抱怨，他心似明镜，深明大义，总是从宽容体谅的角度去理解子女，把所有的苦涩难耐都留给了自己，要把想说的话埋在了心间。在生命的最后阶段，医院几次发出病危通知，我心急如焚，开车直驱家乡医院。那晚，在病榻旁，父亲对我说道："这次我真的坚持不下去了！"要强的父亲从来不屈服于任何的困苦和艰辛，可此时脸上显出无奈的样子。看着他身上插满的管子，除了安慰，我只有满腹的愧疚，作为长子真的不可饶恕自己，为没有很好地尽到孝心而深深地自责。可父亲目光里全是慈祥和温和，宽容地摇摇头说："你们做得够了，够了。"这一晚，父亲奇迹般地转危为安，并转到了另一个科室病房。在接下来的一周，病灶主要集中到了肺部，父亲呼吸急促，给他戴上氧气面罩，可他一次次执拗地用手拿开，可能憋得难受，不停地说："拿掉！拿掉！"那时，我们紧张地盯着仪器显示屏，每个数字的变化都紧扣心弦，看到指标上去了，脸上马上露出兴奋之色；一旦下去了，又忧心忡忡。经过肺部穿刺，放出了积液，看病情趋稳，我又回到了上海。但一周后，又接到了告急电话。当我赶到时，父亲精神状态尚好，我握着他温暖柔软的大手，他却一直久久地望着我，目光里充满了温柔和无限深情。我说："你为何老看着我呀？"他说："以后看不到了。"父亲似乎清楚地知道自己留在人世的时间不多了，一句话深重如山，蕴涵了无比深情；却让我心沉大海，一股悲凉深深地涌来。这时的父亲格外平静，眼睛忽然闪过一丝忧虑，缓缓地说：“我走了后你们怎么办？”父亲一生遭遇了太多的生死考验，承受了太多的艰难困苦，总是镇定自若，从未表露过不安。此时却是柔情似水，心有千结。父亲是山，也是支撑家中的大梁，眼下山将倒、大厦将倾，一份责任依然在，儿女的未来仍牵挂于心。正如马尔克斯在《百年孤独》中所说“父母是隔在子女和死神之间的一道帘子”。这世界上也唯有父母有这样的胸怀、大爱和无私，我泪水不禁夺眶而出。多年在外，风雨漂泊，走过山山水水，但永远走不出的是父母的牵挂。父亲令我崇敬，也始终是我心目中的英雄。我一直珍藏着父亲在我青葱岁月中写给我的一封封书信，那是我跋涉中见到的一缕缕光亮，也是我前进的勇气和希望。可如今，我却无能为力，挽救父亲生命于险境。

那时，儿子正在英国读书，作为家中唯一也是最疼爱的孙子，父亲多么想再见其一面。但考虑刚去国外，学业紧张，他始终没有开口要其回来，只是相互进行了视频。由于急促的气喘，让父亲无力多言，进食也少，只能稍微吃点粥汤，而缺少食物的胃又时常烧心难受。父亲说，打淮海战役受伤那阵子也没有这么难受。他在战争年代经历了近百次大小战斗，多次身负重伤。淮海战役那次受伤命悬一线，但最终还是与死神擦肩而过。曾听父亲讲过，淮海战役中，无数战友从身旁倒下，敌人的美式冲锋枪打出的子弹密集如蝗虫飞来，声音尖啸着从耳边擦过，可他们丝毫没有畏惧。没想到冲锋陷阵、从弹雨中走过来的父亲如今却无法抵御病痛的折磨。尽管如此，他仍保持着浪漫、乐观的天性，宽阔的脸额上展现出的依然是达观、顽强的神色。待病情稍有缓和时，他轻轻地唱起了歌曲《小燕子》“小燕子，穿花衣，年年春天来这里……”随着歌声，父亲嘴角溢出一丝浅浅的笑意，似乎要在人生最后的日子里，把生命里所有的宽容、热情和爱都留给这个世界。他带给我们的不仅是安慰，更是一种精神，让我看到了一个即将凋谢的生命之花的坚强绽放，我的心不由阵阵震颤。医院看父亲病情加重，多次提出要转到 ICU 重症监护室。但我们兄妹商议后还是拒绝了，在剩下的时光里，还是让父亲少受些苦痛，与其没有质量的无望过度救治，不如让生命有尊严地“放手”。父亲此时反而显得从容不迫，他对我说：“就让我安乐死吧，这样我走的时候，你们也不会害怕。”我心头顿时一紧，他是在帮助我们和医护摆脱“两难困境”，也把最后的一丝爱留给了我们。他继而向我交代道：“我走后遗体放三天，三天后烧掉，每年的清明来看我！”那时，夏阳正烈，从遮挡的窗帘缝隙依然可以看到外面炽烈的光线。阳光如此美好，人生却短暂。一瞬间，我感到心口像被什么重物堵住了，有种压抑般的窒息，真想仰天长啸，祈求时光倒流，让父亲仍能每天见到阳光普照。父亲的无畏、坦然和从容再次深深地震撼了我，大概只有经历过生死，才会有这样的胸怀。

天渐渐黑下来了，窗外已被夜色笼罩。父亲时睡时醒，时至半夜，突然醒来，面朝北方，说道：“娘，我要走了！”话毕，眼角里淌下两行泪水，随后又陷入昏睡中。在生命的最后时刻，父亲心中肯定有许多的不舍和眷恋。他很小出来参加革命，对含辛茹苦的奶奶始终充满敬意和孝心，他曾深深盼望再返山东故里，到奶奶的坟上看看，以慰内心的乡愁，无奈腿脚不便，这个愿望最终没能实现，也让我后悔不已。仿佛冲锋号声已经停息，激烈的枪炮声渐渐远去，父亲安静地睡着了。第二天的早晨，当太阳再次升起的时候，父亲的心跳愈来愈微弱，逐渐停止了跳动，不管我们如何呼唤，再也没有任何的回应。此时，我欲哭无泪，用棉条轻轻地擦拭着沾在父亲唇角因抢救流出的血丝。他脸颊饱满竟没有一丝皱纹，刮过胡子的下巴泛着青青的光，表情庄严而不失慈和。恍惚间，我觉得父亲如刚从战场上下来，只是累得睡着了，面对的不是一场生死离别，而是短暂的休息，他还会醒来，就像小时候，我们静静地望着窗外，静静地等待父亲归来。

《吊古战场文》中言：“苍苍蒸民，谁无父母，提携捧负，畏其不寿？”父亲走了，一座大山訇然倒下。虽然谁都摆脱不了终有一天要离开的宿命，但在这个世界上我最爱的人，也是最爱我的人就这样无声无息，宛如一抹夕阳、一缕清风地消失了，许多的愧疚已铸成我一辈子的遗憾。很长一段时间，我陷入忧伤的泥淖，久久难以释怀，无法相信这样的事实。无论是在梦里，还是在现实中，父亲始终鲜活而真切地存在于心中，我相信他还活在这个世界上，还坐在家中或医院的床上谈笑自如。“你召唤我成为儿子，我追随你成为父亲”，正因生我养我，至亲至爱，才使我如此刻骨铭心、痛不欲生。

送父亲那天，大雨滂沱，乌云低垂，像片中的父亲在风雨中依然淡然地微笑着，父亲一生中的严格、慈蔼、随和，又一次浮现在眼前。我不禁想起苏东坡在《满庭芳》中的词句“凛然苍桧，霜干苦难双”，你像苍桧一样凛然，承受了难以承受的风霜。父亲不正是这样吗？

亮晃晃的日照下，街景还是原来的模样。一晃眼，父亲已走了六年。此刻，辽远的天空中宛如热烈的火在燃烧。我蓦然望见父亲在那里，骑着一匹高大白色的马，腰系皮带，斜挎手枪，像风一样疾驰而过。“人生匆匆，心里有爱，一生有了意义。”我的记忆总还在那一刻。

---

* 父亲陈存杰，山东新泰人，1929 年出生，1945 年参加革命，在抗日战争和解放战争中，先后历经淄博、莱芜、孟良崮、潍坊、兖州、济南、淮海、渡江等战斗、战役，后参加浙东等地剿匪，荣立二等功 3 次，三等功 6 次，多次负伤，战后评为伤残军人。1958 年转业，为党和人民事业毕其一生。2015 年逝世。

过　往

对于过往，在岁月的行走中，我愈发感到有种如梦如幻的感觉，时而清晰时而遥远。

比如父母的老屋，曾经多么温暖的居所，是我最向往的地方，只有在那里，家才真切地体现着。那飘香的饭菜、畅怀的欢笑、倾情的交谈，不时在厅堂间回荡。每当我回家，母亲从电话中知道我快到了，一次次从楼上的窗口探出身来向路口张望；从楼梯听到我的脚步声，早已急急地把门打开，在门口迎候。如今那间屋子，无论是烈日中，还是斜风细雨时，乃至严寒风雪里，都处于一片冷寂中。抬头望，“故园无此声”。那曾经被母亲每天拎下拎上、炉膛通红的煤炉，变得蓬头垢面，孤寂地蜷缩在楼道的角落。那曾经挂满衣服、种满花草、每年的春天晒满梅干菜的阳台再不见勃勃的生气，一只只花盆里只剩下干裂的泥土和枯萎的花枝。曾经，我一次次地看着母亲侍弄那些泥土，花草在其精心照料下旺盛的生长着，在微风里飘着花香，可现在已弃于铁架上，被窗帘遮挡。没有了生命一切都变得荒芜。时间在不停地往前走着，当那些温馨的场景还在昨天、还在真实地在眼前展现时，现实早已一片虚无，这让我对时间的感受变得非常的恍惚和缥缈甚至怀疑。当我需要用记忆的支撑去回想往日幸福的时候，才知道生命在时间里已经消逝，于是蓦然感到时间的飞度，感到生命的虚妄和时光的虚妄。

有时只要一闭上眼睛，父亲就清晰地出现在脑海里，觉得他还在这世界真实地存在着。他坐在医院的床上或家里的沙发上，刚刮过胡子的下巴发着青青的光，脸上漾着慈祥温和的笑意，一双大手摸上去总那么柔软温暖。已到耄耋之年的父亲还是那么要强，明明坐在轮椅上，却对我说“下次你回来，我去车站接你，给你们烧几个好菜”。说话间，脸上浮起轻松的笑容，眼神里闪过一丝不易察觉的调皮。如将谢的花儿，虽一瓣瓣地掉落，仍开放着，坚守着生之执着，延宕着生之美好。很长一段时间，我不愿去想这些，一想起就锥心地痛。可记忆像个不速之客，冷不丁会闯入你的脑中。那天梦里，我听到父亲在喊我，好像喃喃地说，这次我坚持不下去了。继而看到父亲在病房里挣扎，浑身插满了管子，床边的仪器嗞嗞地响着。他呼吸急促，眼睛直直地盯着我。我记得这是父亲临行前跟我说过的话，原来他一直默默地与病魔抗争，不断试探着生命的深度。可此时当我想伸手去拉他时，父亲的手却慢慢松弛下来，宛若飘着的云朵渐渐远去，我急切地喊着，只觉两行泪水顺着眼角流了下来。

窗外，寒雨霏霏，树叶在风中潇潇而下。妻子从橱里翻出母亲给我织的一件灰色绒线背心，一眼瞥见顿时热血上涌，这是母亲尚留世间亲手织给我的衣物。我拿过来轻轻地抚摸着，仿佛又看到以往母亲坐在灯下织毛衣的样子。那时，母亲时常买来一些绒线，夜里让我们几个小孩帮她绕线团，我们把线绷在手上来回摇动着，她再把其绕成一个个线团。绕完后，我们打着哈欠上床睡觉了，母亲仍坐在椅子上继续打毛衣。她不仅学着最新的花样织，还要在过冬前赶出来，让我们穿得既暖和又不落时尚。直至我工作多年后，母亲仍常寄来她给我织的毛衣线裤，并打电话询问穿得是否合身暖和？我对妻子说，这是母亲一针一线织出来的，以后再也没有了，就放起来作个念想吧。

过往如流水而去，无法挽留，也无法重返，留下的唯有记忆。今天的存在恰恰是过往的累积，许多美好不会因为时间的流逝而减弱甚至消失，反而会变得更加浓烈而深刻。面对未来，我们从过往中获取的不仅有伤感和悔悟，更多的应是温馨和甜蜜乃至激励。

走在春天里

要不是被早上突如其来的雨声惊扰，我还一直沉浸在梦境中。那时我正踏在繁花似锦的春天里，从河上的石拱桥走过，桥边杨柳依依，海棠挂红。河水在一场春雨后浅浅地漫溢上了堤岸，河埠上响着浣洗女人们的笑声和棒槌挥出的“啪啪”声，一只只燕子在前后轻盈地飞舞，俯冲下来时，我清晰地看到了它们张开的亮丽双翼，触手可及，可刚要伸出手去，“嘀嗒、嘀嗒”的雨声在耳际响起，睁眼见天已大亮，淅沥的春雨正不断落下。我有些不情愿地从梦中脱离出来，总觉得那不是梦幻，而是真实地存在过。

清明前，我也加入了扫墓大军的行列，回家乡给父母扫墓。去时沿途春意盎然，油菜花开得正浓。可我并无兴致，有些漠然。是见惯不奇，还是心中的隐痛？待又一次见到父母的坟茔，泪水不由得涌出时，我才找到了答案：父母不在了，春天也离我远去了。小时候，每当春天来临，母亲带着我们去野地挑马兰、剜荠菜；父亲带着我们放风筝、去踏春，走在春天的暖阳里，那是多么美好的日子，可那时内心没有深切地体会和珍惜。直到父母离开后，才感到原来这是如此的可贵。春梦无痕，多少温暖如春的岁月在不经意间匆匆流逝。父母在时，父母就是我们的春天；如今父母去，人生只剩归途。根没了，何谈春呢？

父母的坟茔，和这苍翠的群山一样，已染上了绿色，嫩绿的小草在风中摆动。我的耳边又响起了父亲在生命最后时光对我的嘱咐："每年的清明来看我！"父亲直面生命终结那一刻的坦然淡定至今令我难忘。在急促的呼吸稍微平缓些，他把病痛、凄苦赶到一边，轻轻地唱起歌曲《小燕子》"小燕子，穿花衣，年年春天来这里……"我惊讶从未听过父亲唱过这歌，他坚强中透出的柔情给了儿女们莫大的安慰也让我们痛切心肺，除了难受我无言以对。这位曾历经无数恶仗、多次负伤、身上仍留有弹片的山东汉子，不愧是一位铁骨铮铮的老战士！风轻轻拂来，从身上抚过。我仰头望去，蓦然发现父母的坟茔上有两棵小树钻出了泥土，油亮的新叶在春光里精神抖擞地颤动着。恍惚间，我好像看到了父母的笑容，似乎在告诉我："不要悲伤，春天来了，一切都会好的！"我心头不由一怔，父母没有走啊，他们不是和我们一起沐浴着这春风？

回来的路上，我看到了从河边柳枝间掠过的燕子，看到了曾和父母漫步过的大街和绿树缠绕的江堤，一种亲切扑面而来，仿佛又回到了过去。走进父母住过的老屋，父亲常坐着看书的藤椅犹在，母亲做菜的餐具尚在，与他们曾经形影相随的一切仍原封不动地摆放在那里。流连于此，我闻到了父母的气息，感觉到他们一步也未从这里离去。

山水有魂，何往而不在；人间有情，又何处而不在？踏上返程路，当我再次看到满野的油菜花和蓁蓁草木，内心已与大地一起复苏，没了来时的黯然，我恍然明白春天一刻不曾离去。

—

路遇故地

尽管还是正月里，但春意已显，阳光照在身上有种暖洋洋的感觉，从车窗往外望去，河岸边已泛出绿意的柳条在暖风中有些兴奋地飘舞着。

这个春节回家乡，和往常一样，大年三十夜，我们兄妹几家聚在一起，有的炒菜、有的端菜，热热闹闹共度佳节。可没了父母的相伴，这个时候的心情总是黯然的。去年的年三十夜，与父亲一起过春节的情景还恍若眼前。那天，我们特地把父亲从医院接回家，共同举杯相庆，看着满桌的酒菜和满堂子孙，父亲笑得很开心。可转瞬间父亲已驾鹤远去。端起杯来，一股热流往眼眶涌动。正月初一一大早，我们兄妹和膝下儿女就按家乡风俗，上山给父母拜坟岁。天还蒙蒙亮，山道上已人流如织，如赶集一般。山中不时有爆竹声响起，山野的清新夹着火药味随风吹来。山林青翠，墓碑上用朱红油漆描摹过的字迹透着光亮。抬头望去，启明星还挂在天边。隔了多年，父亲又和母亲相聚在一起，父亲这个20岁随军南下、铮铮铁骨的北方汉子最终把自己的一切都献给了江南这片沃土。不禁想起那两句诗：“青山处处埋忠骨，何须马革裹尸还。”

以往春节回家，陪伴父母，我哪里也不去。现在突然空荡荡没了着落。翌日，便偕家人驱车去绍兴柯岩风景区游览。绍兴是我的出生地，当年父亲在这一带工作多年。从最早南下随军驻在城区，后又转业调至城外山区的省属铁矿基地，所以这里的一景一物对我来说都是那么地亲切。泛舟鉴湖，沐浴春光，青石叠砌的悠悠古纤道，将宽阔的湖面劈为两半，远处的石桥和游人映照在波光粼粼的湖水上，不由感叹起陆游之诗“鉴湖俯仰两青天”。我呆呆地望着，似乎在寻找父母的身影。风景区里的鲁镇，是按照鲁迅小说所描写的风土人情建造的，那戏台、那飘着酒香的店铺、那欸乃的乌篷船桨声，让我眼前依稀浮现出孩提时的光景。

返程途中，导航出了偏差，不想车开入了诸暨方向公路。蓦然，透过车窗，路边指示牌上“漓渚”两字跳入眼帘，多么熟悉的地名，这不是自己幼年生活过的地方吗？心头一阵惊喜。多少次梦里回到这里，可都是模糊一片。听母亲讲过，当年父亲调到这里的铁矿基地不久，她怀抱不满周岁的我也随后而来。母亲在附近村中给我找了个保姆，自己就投入到火热的工地建设中。她偶尔抽空回家从窗户里匆匆看我一眼，有时见我在哇哇大哭，悄悄抹下泪又掉头而去。因为困难时期，私下里保姆经常会拿些我吃的奶糕带回家，母亲知道了也不吱声，因为她家也有小孩。后来我会走路了，就上了矿区幼儿园。夏日，自个儿拿只茶缸去买冰棍，踮起脚，伸向窗口。服务员却见茶缸不见人，伸长脖子往外瞧，见是个小孩，哑然失笑，便故意问，你是谁家的孩子？有钱吗？我就把手里的钱往上晃。我3岁那年的夏天，矿区工程下马了，父亲调往外地工作。去报到那天下午，母亲正给我洗澡，当转身去拿东西，就一会儿的工夫，发现我不见了。忙出门四下寻找却不见踪影，问邻居也不知道。这下，母亲急了，出了矿区，沿公路一路寻去。走了很远，在一个岔路口，有一村民告知，见过一个光身的男孩，已被一农妇领到了附近村庄。母亲急奔村里，几经打听，终于找到那位农妇家，只见我正坐在堂前的椅上安静地吃着煮熟的土豆。那农妇说，她是在公路上见我光身一个人边哭边走，便上前寻问去哪里？说是找爸爸。她看公路上危险，就把我领到家中暂且安顿，等待家人来找。原来父亲前脚刚走，我趁母亲不注意，也拔腿而去，大概认为父亲拎着包上车站，就懵懵懂懂地沿着公路追去。母亲了解了原委，眼泪就下来了。她向农妇一再道谢，先前的气恼和焦急早已变成了万般柔肠。这件事，我已不记得，可母亲印象深刻，曾多次提及。她可能不仅认为我那时人小鬼大，更感到小小年纪对父亲的那份情。

打小离开再未回，如今无意间路遇故里，好像是冥冥中的安排？当记忆的风再次穿过岁月的长廊，遥远的往事又浮现在脑际，也涌起了对曾经相助之人的感恩。我特意让车在周边转了一圈，可满目都是新建的房屋，无从知晓哪里曾是我住过的地方，也不知那善良纯朴的乡人又在哪里？此时，凝望故地，思绪如潮，我更加怀念起父母和那段如泉水般清澈的时光。父母虽已远去，往事成烟，但他们留下的爱的故事依然在心海中奔涌。

回　　家

不觉间，窗外已是暮色笼罩。楼道里不见匆匆而过的人影，突然变得安静起来。车从单位驶出，大街上灯火阑珊，行人和车辆不多。此时本该是下班高峰，可往日的拥堵消失了，一下显得空旷和清静。我知道，许多人都已出城了。往常这个时候，街上张灯结彩，能看到匆匆忙忙办年货的人流，我也在回家乡的路上，或早已在家帮母亲宰鸡杀鱼，生炉烧菜，准备过年的食物。而眼前寂静无声，只有电台里不停地在播放《新年好》乐曲和刘德华唱的《恭喜发财》。蓦地，心中浮起一种空落落的茫然，像航行于海上的帆船，失去了方向，不知何地是归处。

春节是召唤游子回归的日子。曾经每年我也是春运大军一员，为了过年团聚，哪怕路途再遥远、再艰难，也要急急地往家赶，千辛万苦在所不惜。那时交通不像现在这么方便，天上地下交通工具五花八门，远行唯有火车，因此常常一票难求。记得入伍第一次回家探亲，从内蒙古坐车到北京，在火车站排了半天队，才签到票，却没有座位。晚上上车后，车厢里挤满了人，有的都钻到了座席下。于是只好站在过道上，这一站就是整整一个晚上。尽管一路艰辛，但对回家的渴望抵消了一切，始终精神抖擞。因为转车，我乘坐的是夜行列车，到家乡时天刚蒙蒙亮。晨曦中，车窗外现出了一条条细细的河流、绿色的田野和粉墙黛瓦以及远处起伏的山峦。近乡情怯，当这些熟悉的景象，时隔多年后再次展现在眼前，顿时心潮澎湃。到站后，听到喇叭里传出的越剧唱腔，又让我感到一种久违的亲切。就像电影《南征北战》中的那位胖战士一把掬起河水，喝一口，甜滋滋地说："又喝到家乡的水了！"

家，是世界上最美的景色，所以回家总是兴奋的。因为能与父母家人团聚，揣着一颗火热的心，把别离的相思和牵挂全凝聚在回家路上。每次回家前，我都要准备一番，除了早早地买车票，就是上街给家人选购物品。虽然，那时积蓄不多，刚当兵时每月只有 6 元的津贴，往往倾囊而出，但这样的付出却是心之愉悦，揉进了自己对家的向往和对父母的感恩之情。我曾在北京王府井给父亲买过一条毛绒裤和给母亲买过一双柔软的棉鞋，他们穿后都感合适，穿了好长一段时间。以后随着提干，我回家的次数更多了。不管多么忙碌，只要能回家，总给我带来无比的喜悦，一扫心中的疲惫。有回到军部开会，开完会已是大年二十八了，望着屋外纷纷扬扬的大雪，一起参会的领导似乎看出了我思家的心情，便对我说："这些日子辛苦了，给你一周假，回家过春节！"我顿时喜出望外，连夜启程，一路南下。当赶到家乡时，正是大年三十吃年夜饭的时候。街上华灯初上，夜空中不断有焰火升起，远处传来鞭炮声，我仿佛已闻到了家家户户飘出的饭菜香。此刻，我大步流星，心是如此急切，又是那么激动。当拎着提包推开家门时，围桌在吃年夜饭的家人们一下惊呆了，他们为我的突然到来而欣喜不已。因为我曾告知这个春节不回家，那时没有手机，无法及时通知，因此大家毫无思想准备。不过这意外的惊喜给节日团圆更增添了喜剧效果，母亲高兴地抹起了眼泪，当即给我添碗加筷，共享合家欢乐。

"年年岁岁花相似，岁岁年年人不同。"电台里又响起了《常回家看看》的歌曲，可如今父母不在了，一切似乎都是那么轻易就逝去了，回家于我变成了虚幻。有人等有人盼，才是家；父母在，家才是真正的归宿。往昔的温情、牵挂和眷恋已远去，唯有对曾经一次次回家的幸福记忆，唤起藏匿在心灵深处的家的味道。

送别只是一瞬间

我是在黄昏来临前踏上北去的列车，那时夕阳正在远处缓缓西沉，把半个天空映得一片绚烂。我知道顶多半个时辰后，太阳就会隐入大地。当列车将要启动时，我迅捷拉开车窗，向车下送行的亲友们挥手，我看到了母亲眼眶里闪动的泪珠，尽管脸上仍荡着轻松的笑容，心却如落日般在渐渐坠落。这是我入伍三年后的第一次探亲归队，虽然后来无数次地重复着送别，但对这次送别的场景至今难忘。

作为有感情的人类来说，送别历来不是一件有趣好玩的事，这一刻倾注了太多的惆怅、伤感、依恋、无奈等离愁别绪。卢纶在送李端诗中云："故关衰草遍，离别正堪悲。"长年处于漂泊流离中的李白对离别更有切肤之感："天下伤心处，劳劳送客亭，春风知别苦，不遣柳条青。"想当年，他站在长江岸边，直到搭着故人的船帆消失在碧空尽头，仍翘首凝望，久久不离去。此时，心应早已随汹涌的江流而去，与行舟相伴。"长亭外，古道边，芳草碧连天。晚风拂柳笛声残，夕阳山外山。”送别总是给人一幅凄美悠远的图景。我一直认为一代宗师李叔同写的《送别》的意境与家乡白马湖畔杨柳拂岸、峰峦叠翠的景色十分相似。那个地方，古时就是驿站，我可以想象出古道上的长亭旁驶过的车马和从涌向天边的碧草中策马而来的信使。上个世纪20年代，夏丏尊、朱自清、丰子恺等一批文化名人在白马湖畔的春晖中学执教，李叔同也曾多次来这里小住。他住的“晚晴山房”依山傍水，可以昼观湖水，夜听林涛。夕阳余晖中，在这样的地方与友人道别，会是怎样的一种心绪?

人这一辈子，相聚和离别总是在不断上演。而离别后的日子里，多少泪流满面，多少牵肠挂肚，无以言说，又成了一个人的寂寞。王勃说“寂寞离亭掩，江山此夜寒”。我不知道李白的那位老朋友在辞别黄鹤楼远去扬州途中的境况，但我知道自己在与亲人别离后的心境。在一场欢聚后，在远行的路上，心情依然难以平复，想着父母回家后的清冷，想着一个人面对着的世界，对亲人的思念更加炽烈。那次归程，在北京转车，住进幸福大街上的空军招待所，一路的疲倦使我倒头便睡，梦中全是家中的情景，我看到父母与我交谈的笑颜，可一觉醒来发现已处异乡，四周没了温热的感觉，一阵忧思袭来，心变得空落落的。次日再启程赴塞外，一整晚的夜行后，下得车来满眼已是冰天雪地，错过了部队的班车，只得在路边拦车回到郊外的驻地，那种别离后的凉意如冰雪要好长一段时间才能化开。意想不到的是多年后峰回路转，从塞外的大青山下开通了一趟直达东海宁波的长途列车。也就说，我在家门口便可直趋北国，免于诸多辗转之苦。但此时我已调至上海，与之失之交臂。生活总是捉摸不定，你需要时，无影无踪；不需要时，遍地都是。

庚子春，避疫情，宅家观电影《囧妈》，故事在一趟去莫斯科的国际列车上展开。看着突然想到，送别其实只是一瞬间，更长的还是在旅途的奔跑中。痛苦烦忧也罢，幸福喜悦也好，人生本来就是一场漫长的旅行。

儿从英伦归

车疾驰在去浦东机场的高速路上。

凉爽的秋风不时吹进窗内，抬头望去，清朗的天空飘浮着朵朵白云，几架刚起飞的飞机迎着晨曦向不同方向飞去，很快消失在云层里。大概一个多小时后，儿子乘坐的英国维珍航空班机也将穿过这片云层在此降落，我的心不由一阵兴奋。

时间过得真快，去年的夏夜，车也是行驶在这条去机场的路上，刚才在家里忙着整理物品还乐呵呵的儿子此时望着窗外却默默不语。借着闪过的路灯光，我见他有一丝茫然挂在脸上，我的思绪也随之陷入这沉沉夜色中。当初，是我主张儿子在大学毕业后再去英国读研究生。因为在我脑中，一直有个概念，人的成长与阅历是分不开的，年轻人需要到外面闯闯，经经风雨。否则古人为何要说读万卷书，行万里路呢？进展比想象的顺利，儿子按时考出了雅思，很快踏上了去英国求学之路。可真要离开了，却有一丝不舍和依恋。此去前途茫茫，将会如何？心中无数。大概儿子此刻也是同样心情。在候机大厅办好了行李和登机手续，行至安检口，身背双肩包的儿子又表现出很快乐的样子向我和他妈妈挥手告别，那是他不想让我们担忧，从此要做一个独立担当的男子汉。这晚，我倒失眠了。

第二天，儿子给我们发来了微信，说路途顺利，早晨在迪拜转机时，买了份可口的早餐慰劳自己。到英国后学校有人来接，已安排好住宿。儿子轻松的话语，让我一颗忐忑的心暂且放下。不久，他陆续在朋友圈里晒出其大学周边环境和英国风光的照片，那橘黄色的灯光下、校舍旁整齐排列的自行车；那湛蓝的天空、带着古旧的城堡和尖顶教堂，让一个初来乍到的人充满新奇，也使我们亲切得近在咫尺。视频和照片里的他，还是一副阳光和无忧无虑的样子，心想这小子适应的还挺快。其实，那段时间，他根本没闲着，办入学手续、过语言关，从生活到读书，有诸多事要做。稍有安定，就与几个同学搬到了校外租房住，并购置了锅碗瓢勺，有时自个儿做饭。在外漂泊的日子，一切都需要自己去应对。我想，他无论在学习上，还是生活中肯定会遇到不少困难，可从未见他有过愁眉不展的时候。那会儿，他还忙里偷闲去办了健身卡，每周三次去健身，还常与同学一起跑步、打球，使自己有强健的体质适应新的生活。只是临近春节时，他在微信上发了张照片，照片上夜色茫茫，雪花飞舞，唯有一栋楼上的窗户透出昏黄的灯光，照着外面数根横空而过的电线。在这寂静的夜晚，我知道儿子想家了，面对异乡的风花雪月，发一点孤独之感。一年四季变幻，在儿子的微信里也随言而变，我觉得他成熟了许多。

当然，节假日的时候，他也会和同学结伴去英国各地游览，有时坐火车，有时租车自驾出行，并从最初的国内游，到国外游。有一天早晨醒来，我打开微信，吓了一跳，儿子有几张高空跳伞的照片，只见其张开双臂在空中做着飞翔的动作，身旁是呼啸而过的云团和风。那阵子，欧洲发生了好几起恐怖袭击活动，他四处游历，我不免有些担心。事后追问下，他给我扮了个鬼脸说，就是想趁着年轻，尝试做一件刺激的事。儿子这趟英国之行算是“浓缩性”留学，时间短、课程多，但不管怎么玩，有一点他非常明确，必须完成好学业。因此一旦进入学习模式毫不含糊，时常一头扎进图书馆，尤其考试、写论文时，往往忙得昏天黑地，好多天看不到他的微信和视频。这期间，他爷爷病重，离世前在床上与孙子视频，他一边急促地喘着气，一边招手要其好好学习。儿子眼泪顿时夺眶而出，但随后又马上装出一副笑脸，不使爷爷难过。为了不影响学业，他最终还是没回来。想必那些天，他一定很痛苦。这次临回国前，儿子告知所有课程和毕业论文都已通过，并取得了不错的成绩。我想，他可以告慰爷爷了。

机场接机口早已人头攒动，儿子推着行李车终于出来了，他身着绿色夹克，面露笑容、一副从容自信的样子。回来的路上，儿子望着窗外说，好像还在英国。是啊，人是有感情的，对于一片土地，不管待过多久，总会有所依恋。但每个人注定又是一个匆匆过客，毕竟要离开的。因为，人还要继续往前走，还有下一处风景等待着你。

第三辑
云卷云舒

生活的诗意，总是无处不在。云卷云舒，花开花落，一路风景，大千世界，人生百态尽入怀。

冬夜听雨

“簌、簌、簌”……当我扭亮台灯，倚在床头，刚拿过一本书，雨又毫无来由地下了起来。这个冬天，江南的雨水特别充沛，像进入了雨季，入冬后太阳没露过几次脸，伴随着寒意，雨不停歇地下着，直下得大地茫茫，雾气重重，似乎要与北方连绵的大雪比个高低。

雨，起初是轻柔的，打在窗外的雨篷上，像是一幕大剧的前奏曲。继而，雨声从远及近，先是沙沙之声，有些微弱，随后急促起来，像是迈着腾腾的脚步奔来，接着就变成哗哗的声音，感觉兵临城下，潮水汹涌，顿时雨声大作，倾泻而至。这时的雨篷俨然似一口锅，那雨点落在上面，噼里啪啦，响如炒豆，煞是热闹。过了一阵，雨势趋缓，声音渐小，像一头猛狮经过一场恶斗，终于精疲力竭，有气无力地放慢了脚步。远处，雨先落到树叶上，再滑落至地面，似珠玉跳跃，泉水流淌，发出清脆圆润的声音；近处，雨打在雨篷上的声调拉长了，变成了有节奏的滴答之声，如乐器在弹奏。

我喜欢聆听雨声，尤其在这漫漫的冬夜，那雨声就像母亲的大手拍着怀抱中的婴孩，带来温暖；像姑娘倾情而出的天籁之音，充满幻想。伴着悦耳的雨声，或灯下夜读、或拥被而眠，一种安恬、静谧、甜美的气息弥漫在周围，让你感到格外融洽、踏实、温馨。

我屏息凝神地谛听这冬夜的雨声，雨中潜伏的往事渐渐蔓延开来。我仿佛看到儿时撑着雨伞去上学，路边溪沟翻滚的水中有鱼儿在闪跃，田间豆角架的枝蔓上挂满了水珠；趴在家中的窗户上，久久望着邻居家屋檐落下的雨水，那地上已变成一个个深浅不一的水坑，雨滴落之处溅起一片水花；家乡老屋的天井里，几株芭蕉下，两只青光光的大缸直晃眼，墙上五彩方格子窗玻璃上爬满了蚯蚓般的雨水，雨从瓦楞流下来顺着瓦沿上的竹筒滴落在缸里，响着叮咚的声音。为何莫名想起这些场景，是情由境生，雨声唤起了记忆深处的乡愁，还是特定境况的邂逅而浮想联翩？普希金说，一切都是瞬息，一切都会逝去，而逝去了的又会变成亲切的怀念。

雨，依然淅淅沥沥地下着。世界静极了，没有了喧嚣，剩下的唯有清净的雨声，似一曲优美的旋律于天地间飘逸，浸入灵魂深处。它洗濯了心灵的浮躁，抚慰了岁月的忧伤。在这个冬夜，我庆幸雨水的降临，让我尽情享受由此带来的宁静和快乐。

窗外的绿色

我的窗外有一片绿色。

十多年前刚搬来时，窗外只有一棵冬青树、一棵桃树。后来邻居家栽种的几株竹子渐渐扩大蔓延过来，与渐成参天的冬青树汇成了一片，桃树碧绿的叶子也已快伸展到了窗前，与随后又种上的美人蕉和月季，在原先空荡荡的草地上形成了一张绿色缤纷的网罩。鸟儿相继前来栖息，它们扑棱着翅膀，像箭一般掠过，涌起一股气流，欢叫着在树枝间跳动。常常早晨天未破晓，清脆的莺啼声便已入梦来，叽叽喳喳的如大合唱般此起彼落，吵得难以再眠。久了，我能听出哪是鹁鸪的声音，哪是黄鹂的鸣唱，哪是麻雀的叫声，又觉得悦耳了。

窗外的绿色愈来愈浓郁，从春天到夏日，从最初的嫩绿色到眼前的深绿色，满目葱茏，空气里四处弥散着花草的气息。春日，竹笋悄悄从地缝中钻出，一边窜高，一边脱去外衣，在不知不觉中露出绿色的躯干和枝叶，与原有的老竹融为一体。大概从小生长在江南，我对竹子历来有种亲近感。记得儿时，去山上竹林玩，守竹林的是个盲人，别看其眼不亮，却心灵手巧，他把砍来的竹子，用篾刀劈成一片片竹条和竹片，随着手势的不断变动，很快变成了一只只竹篮、竹刷、淘箩等器物，看得我目瞪口呆。他身旁堆满了各种竹制品，有的是别人定制的，有的是送人的，有这身手艺，怪不得他脸上一直都是乐呵呵的。那个时候，每当春天，母亲也会买来刚挖下的毛笋，洗净切成片煮熟后，放在竹匾里拿到外面晒笋干，露天里晒了一大片，夏天放汤吃。如今，看着摇曳的竹子，眼前不免流过烟尘往事。

我有时偶尔望向窗外，不经意间会被一些有趣的现象所吸引，虽是瞬间的、细微的，却会在心中泛起一丝快乐的涟漪。你看，几只白色的蝴蝶正在树丛中追逐着，竟如鸟般从高处俯冲而下，扑向草地。倏忽，一只黑色的蝴蝶凑了过来，一齐又盘旋于阔大的美人蕉叶间，它们轻扇翅翼，优哉游哉，好不自在，全然超然于物外。鸟儿也不甘寂寞，就这会儿，我坐在电脑前码字。突然，一道光影闪过，两只白头翁“扑”地飞到窗台上，竟与一只先至的麻雀在花盆的泥土上啄起食来，完全无视我的存在。而停在远处晾衣竿上的一只野鸽子木然地盯着它们，一副与己无关的神态。目睹这一切，我讶然。

窗外有一道围墙，年长了，墙面有了斑驳裂缝。有天，我蓦然发现墙头的缝隙里探出了一棵树苗，抽出了嫩绿的枝叶。后来，不管风吹雨打日晒，它始终在那里，且日渐壮大。看着它在风中摆动的样子，我时常想它是怎么生存下来的？没有土壤，没有养分，空间逼仄狭窄，也许恰恰恶劣环境的挤压，激发出了它最大的潜力和顽强的生命力，不由得让我充满钦佩。

每天打开窗户，阳光斜斜地照进来，或细雨如织，我总会看到这样或那样的景致，无论是微风拂过树叶的摇动，还是月季花绽放的美妙风姿，就是什么也没发生，窗外的这片绿色也养眼。看这些的时候，心是宁静的，天地是静美的，一种澄清的快意在无形间流动。以前总以为风景在别处，其实风景就在眼前，人生最曼妙的风景就是自己的内心世界。有一句话说得好："幸福就是你仍旧能看见。"

雨中的庭院

又是一个漫长的雨季，雨不停歇地下着。从屋中望向窗外，天地笼盖在一片烟雾中，湿润的空气里弥散着沉闷，在偶尔飞过的鸟声中唯有不断响着滴滴答答的雨声。这时，院中的草木却是葳蕤有生气的，似乎无尽的雨水给其带来的不是苦涩而是滋润。那碧绿的枝叶间、鲜艳的花瓣上飘着晶莹的水珠，她们一会儿静止不动，一会儿恣意摇晃，或仰脸，或闭目，或张嘴，仿佛在尽情享受着上苍的馈赠。当初，刚种下这些花木时，怕雨水不够，三天两头浇水，常观枝叶有否枯萎。那株米竹是重点照顾对象，网上购来时，就说要多浇水，我尽量让其吃饱喝足，直至原先发黄的叶子渐绿才松口气。可那棵龙爪槐明明已抽出枝叶，枝条盘曲如伞，投下一片荫翳。谁知有的叶子开始泛黄变得有些萎蔫，我猜想水没浇透，就绕树挖出浅坑，注水后使之不再流失，并施以肥料。现在不仅树叶碧绿，还开出了点点白花。如今更因了雨水的充沛，这些花木长得越发旺盛，倒是出乎意料。

很多年前在读梭罗的《瓦尔登湖》就被那森林、湖泊、蓝天、星光和湖边小屋打动，也勾起了时光中的田园情怀。我向往那种远离喧嚣的宁静，也希望有朝一日有个青藤满缠、绿意盎然的院子，静享安谧。小时候，住的台门进门就是院落，冬青树围成的篱笆里种满了各色菜蔬，马头墙边一排香椿树葱郁的枝叶伸向墙外邻屋的青瓦。放学后，我在大人放弃的空地里，也学着辟出一小块地来，种上南瓜、西红柿和葵花，夏日里竟枝繁叶茂结出了果实。后来搬家再也没住过有院子的房子，偶尔走过院子人家就会停下脚步，看会儿院墙里探出的花枝，想起以前的日子。林语堂曾说人生之二十四件快事，其中一项便是“宅中有园，园中有屋，屋中有院，院中有树，树上见天，天中有月，不亦快哉”！那时想想这只是种奢望，当如今真有了这院子，才觉得梦想是可以实现的。我不要复杂，也不必繁华，只想营造一个自然简约的庭院，四季花开，满墙绿色，有些任性、释放闲情足矣。于是，在前院种树栽花，置一木平台，放上桌椅，撑把伞，喝茶休闲；在院廊内上架葡萄，下种蔬菜；后院则做个日式水景，红枫树下，竹管清水流淌，石臼中睡莲盛开，几根青枝从几块无规则的石间旁逸斜出，给人看似无山却有山之感。

眼下，正是草木疯长之时，那些当初撒下的花籽，看着它顶破泥土，露出鲜嫩的幼芽，纤细的茎秆日渐挺拔，早已蔓延开来，无所顾忌地绽放。一丛丛绣球花锦簇如云，一簇簇满天星迷离梦幻。而橘子树的枝条已被果实压弯，西红柿散乱的枝叶下结出硕大的青果，紫色的茄子在阔大叶子里时隐时现，一只丝瓜竟爬上了墙外的树木上。自春天以来，常忙碌于庭院。当对大自然和四季的感受逐渐衰微，院子让我嗅到了泥土的气息，闻到了自然的芬芳，也带来无数的惊喜和趣味。翻开泥土，发现蠕动的蚯蚓，想起艾米·斯图尔特的《了不起的地下工作者》，对这位毫不起眼却是提升土壤质量的功臣更敬佩有加，它可能是大陆板块漂移前就已存在的物种呵。几只小鸟喊喊喳喳地飞进院中，探头探脑地东张西望一阵，抖落几根羽毛又飞身而去，那憨态使人忍俊不禁。倒是那只黄颜色的胖流浪猫有些自大，其笃悠悠地从围墙走过，连招呼也不打，喊它一声，竟不满地回过头来狠盯一眼，似乎搅了它散步的兴致。雨歇间，夜坐平台，晚风轻拂，望墙外竹弄清影，看墙内花木扶疏，月光从树丛间洒下，一曲《春江花月夜》悠悠传来，仿若梦中。把日子过成诗和远方有些夸张，但在这一方天地，感受着生活的从容自在和愉悦却是真实的。

有人说，江南的风景适合在阴雨里看。此时，雨依然落个不停，一会儿稠密，一会儿细柔，那些挂着雨滴的枝叶愈显苍翠、摇曳生姿。雨丝轻轻缠绕着寂静的庭院，如蒙上一层轻纱，纷扬出悠然的情愫。在雨点的敲击声中，我忘记了时光匆匆，忘记了这个世界。

保持对大自然的好奇

久居都市，偶尔到大自然中走一遭，时常会有种新奇感。

那日，去太湖游玩，在湿地公园路遇一只螳螂爬过，同伴中的几个年轻人顿时上前围观。只见螳螂睁着鼓突的眼睛，两双带齿的长脚如挥舞的大刀，似乎在抗议谁挡了它的道。B君说："它的眼睛好像在看我们呢。"S君接茬道："它的脚怎么长得像锯子？"最后，G君小心翼翼地把它抓起轻轻放回草地上，直到其消失在草丛里。看着众人好奇的神态，不免生出些许感叹。

曾几何时，人与自然是何等的休戚与共，朝夕相对。

记得小时候，上学路上，会经过一片田野。那时，城市没有扩展，一路过去，都能见到绿色的庄稼、犁田的耕牛和漂浮着莲花的河塘。大自然的一切时常吸引着我童年的目光，也不时引起我的好奇。田野里，时常变换着庄稼的颜色，从最初嫩绿的秧苗，到金黄色的稻穗。还有套着眼罩、被蒙上眼睛的牛拉着水车在不停地转圈，河水随着刮板的转动"哗啦、哗啦"地流向田地，那是大自然呈现的美丽画景。有时经过河边，会听到“扑棱、扑棱”的声音，后来知道这是鲫鱼在岸边的水草间下卵，听到人声跳到了河里。河岸边满是大大小小的洞穴，一些蟛蜞在洞边出出进进，它们好像竖着耳朵似的，非常机敏，稍有风吹草动，就迅疾爬进洞里。河里的洞穴可是有讲究的，听农人讲，隐没在水中呈扁平形的洞往往是螃蟹窝，那些圆洞则十有八九是黄鳝或水蛇出没的地方。当云团低垂，燕子贴着河边、在身旁飞过时，我们顿时会奔跑起来，因为大雨即刻就会到来。正是在大自然的激发和启迪中，我们渐渐成长。

时光在悄然中流逝，如今那些曾经随处可见的绿色田野已难得一觅。随着与大自然的渐行渐远，人们疏离了与自然生态的亲近和交流，原先的那份好奇已变得陌生。尤其在物欲横流中，有些人对生命和世事愈来愈冷漠，甚至变得冷酷，他们对大自然的随意破坏和对动物的任意杀戮，更是触目惊心。有媒体报道，在云南的中越边境有个专门盗卖食用野生动物的集市，许多珍稀动物被关在笼子里按质论价，遭宰杀兜售，成为食客的盘中餐。从照片中那些动物无望而乞求的目光里，看到的已不是人类对大自然的好奇，而是人性的丧失和贪婪。

日本一位教育家曾说过这样一句话：“要培养学生面对一丛野菊花而怦然心动的情怀。”对大自然的关怀，也是对人类自身的关怀。最新数据披露，目前地球上的生物种类正以相当于正

常水平一千倍的速度消失，全世界有超过3.8万个物种面临灭绝威胁。这固然有来自气候变化的影响，但与人类的滥杀滥捕和对生态环境的破坏不无关联。一个对自然生物缺乏尊重的人，又如何能去尊重更高级的生命？天生万物，相辅相成。自古以来，人生的悲欢、希冀，人们的畅怀、寄托无不与自然山水相连。人类离不开大自然，人类也属于大自然。据说，英国对树木从不修剪，几百年过去了，许多树木依然如故，为的是保持原生态。从这个角度讲，永远保持一颗对大自然的好奇心，也是对大自然的一种敬畏，才能更好地去关爱保护大自然。

鹿回头

多年前，读余秋雨的《山居笔记》，书中有这样一则神话故事，讲的是古时海南岛的一个年轻猎手对一头鹿穷追不舍，那鹿拼命奔逃，直至山崖边，面对一望无际的大海，鹿突然止步，回过头来望着猎手，眼露清澈而美丽目光，无奈而凄凉，闪耀出渴求生命的光彩。猎手顿时被这光彩镇住，善心涌发，刹那间两相沟通，最终这头鹿变成一位少女与他成婚。如今那处山崖就叫“鹿回头”。

现实和神话有时也会重叠。最近从报上读到一篇报道，没想到生活中也有这样的事。说的是河南嵩县明白川村有个叫王继祥的老人，9 年前的春天上山拾柴，发现一只出生不久的小梅花鹿在寒风中瑟瑟发抖，老人把它揣进怀里，原地等了两个多小时，也不见鹿妈妈到来，就把小鹿抱回了家。后经悉心照料，小鹿渐渐长大。四个月后，老人把小鹿送到 10 公里外的大山里，让它回归大自然。没想到第二天，小鹿又顺着原路跑回来了。此后，这小鹿寸步不离老人，常跟着在村中溜达。但老人一直没有放弃送小鹿归山的念头。先后16次送其回山，却每次都以“失败”告终。翌年初，老人再次送梅花鹿回山，这回更让他意料不到的是，次日一早开门，不仅刚刚送走的梅花鹿又回来了，而且还带回两只小鹿，这让老人百感交集。从此，在当地政府和动物保护部门的支持下，老人和儿子干脆在自家房前建起了养鹿场，并筹资购进12只人工饲养的梅花鹿，陪伴原先的3只野生梅花鹿。后王继祥因病去世，临终前一再嘱咐儿子要照顾好这些有灵性的动物。其儿按照父愿，继续精心照顾3只野生梅花鹿，并扩大了养鹿场的规模，开发出各种鹿产品，家里还建起了农家宾馆，买了小轿车，日子愈渐红火。

这段与鹿结缘的现实版“鹿回头”故事，意蕴绵绵，予人于神奇而美好，不仅为老人的爱心感动，也为梅花鹿的灵性感叹。老人的善举，鹿的报恩，我们看到的不仅是尊重生命的良知，还有这个世界的善爱循环。不由想起小时候，在星月当空的夏夜，听母亲讲田螺姑娘的故事：一个贫穷而善良的青年农民，整日劳作，到了婚龄仍无妻，有一天在河边捡到一只田螺，不忍扔掉拿回家放入水缸中饲养。后每当他外出干活，田螺就从水缸出来，变成了美丽姑娘，开始烧菜做饭，洗衣扫地……世间万物都是相通的，一环扣一环，当你尊重生命乃至非常低级的生命，也会赢得它物对你的尊重和回应，反过来这也是对人自身生命的尊重。善良与爱总是与幸福很近，你所给予的，最终还是会回到你身上。

此时，我仿佛看到了一群梅花鹿在山间林中奔跑、跳跃，听到呦呦鹿鸣不时在树丛中回荡，那欢快的声音穿过了我的心扉。

一只花斑猫

一出楼道门，与往常一样，那只黄色花斑流浪猫就从斜刺里蹿出来，走到面前喵喵地叫着，尾巴翘得高高的，眼睛忽闪着，向你要食吃。因为给过几次，便认识了，好像专门候着似的，看着那股萌劲，无礼相赠还真有些不好意思。所以晚饭后出去走路尽量捎带些猫食。有时出来没见它，我还会四处张望，心里寻思这猫跑哪里去了？偶尔没带猫食，它跑过来时，我就歉意地跟它摆摆手说，今天没有，下次带给你。它倒也知趣，冲我叫几声就跑开了。当走路回来，它一见我，马上从黑暗中叫着奔过来，直到我关上楼道门，才停住叫声，有些失望地回转过去。后来，它身边忽然出现了一只黑色的小猫，看样子刚出生不久，带着到处溜达。那小猫怕生，一见来人马上钻到了道旁的花坛里。

那天，我带着一盒猫食走出楼道门，没见猫过来，再向前走去，在黄昏的光影里，看到停着一辆小车的路旁有一团黑乎乎的东西，隐隐约约像似花斑猫，可怎么躺在地上不动呢？近前一瞧不由大吃一惊，原来那只花斑猫已倒在血泊之中，浑身软塌塌地没了气息，小黑猫也不知去向。这猫不知是被车碾压，还是被人击打？但肯定为外力所致。昨天还活蹦乱跳的，现在却……我不相信地望着眼前的一幕，心里立刻充满了疼痛，继而愤慨：肇事者不见影子，纵然是无意造成也不能弃之不顾，扬长而去。一个无辜弱小的生命就这样瞬间被践踏摧残了！我有些懊悔出来晚了，也许可以阻止或避免。天完全黑下来了，路边的树木在风中依旧发出唰唰的声音，可此时这声音在我听来却是一声声的叹息和啜泣。花斑猫是天真无邪的，那么长时间的环境相处，以为世间的人都是友善仁慈的，可能当险恶来临的时候，也没想到去防范躲避。

那几日，经过花斑猫倒下的地方，我总不忍回看，路上仍留着斑斑血迹，我仿佛看到花斑猫那眼巴巴绝望乞求的目光，这让我的心情再次坠落在一种莫名的忧伤当中。

我以为我们人类是不缺少爱的。我想起在藏地雨后的公路上，一些老阿妈弯腰在路上捡拾蚯蚓，因为雨后有许多蚯蚓从地里钻出来爬到路上，她们捡起后放到远离公路的草地里，怕过往的汽车、摩托车把这些蚯蚓碾死，这种对生命的敬畏令人动容。我也想起有次去一所大学，在学生餐厅就餐，偶然发现屋顶和窗台上停了一些鸟儿，它们一见地上或桌上有饭粒和菜屑，便飞将下来，就这样飞上飞下，谁也没去打扰，任其觅食。就餐出来，在一条路旁又见几个女生在给流浪猫喂食，手上拿着盒子和水，那几只流浪猫胖乎乎的，埋头吃着。那一刻，心底里最柔软的地方被一种温暖击中。

可现实中虐待和摧残小动物的事端为何还时常出现？是来自人的狭隘、自私和暴戾，还是自视“高级”，可以对其他生命无端漠视和随意践踏？但是作为肉体的存在，最“高级”的生命也是脆弱的，同样也会走向消亡的归宿。万物平等，每一种生灵都拥有自己的生命价值。“尊重他者的生命，即是尊重我们自己的生命。”我开始寻找起小黑猫，因为我听到了从花草丛中传来的那一缕缕微弱又似乎真切的叫声。

夜色里的风景

不知从哪本书上看到过，说夜色是最美的，人在夜色中会变得生动而富有灵性，女人则更加楚楚动人。这不知是夜色的掩饰，还是人在夜色中不再像白天那么拘束？我有个习惯，每天晚饭后，无论多晚，不管风风雨雨、暑宵寒夜，都要去室外走走，早年是跑步，后换作散步，这并非想把自己变得生动和楚楚动人，只是想趁着晚间的空闲，释放心绪，活络筋骨，让心灵有个短暂的休憩。

夜行是寂寞的，没有陪伴，没有对话，只是你一个人切入茫茫夜色中踽踽独行。然而夜行又是自由自在的，这是一天中最轻松舒展的时刻，你可以把脑子放空，什么也不想；也可以东张西望，环顾左右，边走边看，随心所欲。如此一路过去，沿途风光尽收眼底，往往给你带来一些意想不到的收获，使枯燥乏味的夜行变得富有趣味而快乐。

我时常视心情而择路，当心需要安静之时，就走那些长着繁茂花木的林荫大道，看那如女子长发飘逸般的垂柳，看那黄成一片的银杏叶，看那倒映在小河里的树上弯月；或仰望满天星空，听幽幽虫鸣，闻各季花香，在空旷静谧中享受夜色带来的安宁。晚风拂来，忽见河旁有蓝光闪起，那是有人在夜钓，一支支钓竿伸在河中，偶尔听到“扑嘆”鱼儿出水的声音，随即又恢复了平静。也许夜晚溢出的声音与人有更深的交融，走着、走着，被越来越浓的寂静所感染，忘却了红尘里的碎碎烦闷。

而心里想热闹的时候，就沿街而行，看缤纷各异的街景，看忙于各种生计的人们，在匆匆而过的街景中感受当下世事和生活。我感觉路过的每个门店就是一个景点，都藏有故事，时间久了，就像朋友一样熟悉。这不，建材商店店主照例一边托着饭碗，一边在看桌上的一台微型电视。这是个四十开外的中年人，戴副眼镜，在这里已开店多年。门外停着辆三轮车，可能刚卸完货，脸上灰蒙蒙的。他吃晚饭总过钟点，大都时间与老婆一块吃，只有暑假儿子从老家来，一家三口才在门口围着几张拼凑而成的凳子有滋有味地吃着夜饭，一看就是本分勤勉人家，生意不大，却也舒坦自在。哟，这理发店怎么又变小了？开始这家理发店生意可是做得风生水起，理发要排队等候，一下在街面还开出了分店，又是装修扩张，又是推销造势，一派兴隆景象。但没多久，分店就关了，现在连主店也割出大半租了出去，看来一口不能吃个胖子，美发业最终拼的还是手艺。

市场的博弈往往于无形中见血刃。这些年实体店生意难做，何况小本经营。一些店经常改头换面，有的饭店没开几天就关门大吉；有的干脆借力于互联网做起了快递或外卖。最夸张的是路边这家房产中介店，刚见之门口信誓旦旦地写着“做陪伴你一生的置业专家”，转眼间已贴出了“门面出让”的告示，像潮水似的来得快退得也快。这家龙虾馆倒是长盛不衰，生意季节分明，天冷清淡天热繁忙。每每到了夏夜，食客们来了一波又一波，门庭若市，桌子都摆到了门外。店老板一张圆脸，上身赤膊，斜背一钱包，忙得不亦乐乎。咦，这家文具店怎么改成了小教室？几个学生正趴在桌上做作业，一个男人在旁指点着什么。一瞧店名叫“快乐四点半”，顾名思义下午放学后，那些暂没有去处或需补课的学生可到此落脚。这里与学校毗邻，店家真会抓商机。这棋牌室里总是灯火通明，一眼望去，牌桌前人头济济，烟雾缭绕，左邻右舍的牌搭子三三两两鱼贯而入，在这里消磨时光，寻找乐子。这就是老百姓的日子，平淡庸常。有时我会情不自禁地停下脚步，在一群跳街舞的大妈旁观赏起来，不知为悦耳的乐曲所吸引，抑或被优美的舞姿所打动，从那柔软的身段望去，看不出这是一群上了年纪的人。迟暮的美也动人，不由被她们热爱生活的劲头所感染。

张爱玲在《公寓生活记趣》中说“我喜欢听市声”。生活的诗意，总是无处不在。走走看看，一路风景，大千世界、人生百态尽入怀。夜行，给我带来了身心愉悦，也让我看到了一个不断变幻的世界。

信　　任

夜读龙应台散文《我的手里有一块钱》，被一段情景吸引了："台北火车站，一个穿球鞋的年轻人走近我低声下气地说，'我的皮夹子被扒了，连回台中的车票都不见了，请借 300 块钱……'我睁大眼睛看着他，心里感受到强烈的痛苦：你为什么来测验我对人的信任？给了你钱，我会后悔，认为你不过是个不劳而获的骗子，破坏了人间公平的原则；不给你钱，我会后悔，责备自己污蔑了人性中无论如何都还存在的纯真。"

多么熟悉的一幕。我的思绪顿时变成了飘飘洒洒的雪花，飞到了多年前塞外寒冬的火车站。那时我出差归来正在候车室里等待部队来接的车子，一个大约十八九岁，长得白净的小伙子挨到我的座位旁，轻轻地说："我的钱被偷了，没法买车票了，能不能借点钱，我回家一定还给你。"并信誓旦旦地写下了他家的地址。从交谈中得知，他因跟父亲吵架离家出走，现在想回家钱却没了。他的话让我心里起了纠结，不知真假与否。看着窗外飞扬的雪花，再看他有些稚气的脸，一种恻隐之心慢慢占了主导，我宁可相信这是件真实的事。不容多想，就给了他钱。这事过去了很久，小伙子并没有寄钱来。可我心里一直火热着，为自己的行为而感动。但后来，我发现不对了，生活中经常碰到这样的事，大致是同样的套路，如出一辙。有一回晚饭后散步，换了身休闲服出门，走在路上，两个背着双肩包的姑娘突然迎面上前说："能不能借点钱帮买点吃的，我们刚下火车，钱被偷了。"我初一愣，等回过神来，觉得这话怎么那么耳熟，但看着她们真切的样子，还是下意识地去摸口袋，发现没带皮夹，兜里只有 50 元钱，便实情相告，没想到她们一听二话没说转身就走了，原来醉翁之意不在酒，"胃口"大着咧。

这样的遭遇多了，渐渐，原先心中的那份热情和信任远去了，当满世界都是谎言、骗局时，你能信谁？于是，遇到类似的事不再出手。我相信这样一句话："信任如水，一旦浑了，就永远都清澈不了。"记得有一次去办出国签证，坐在大厅里等候，一个三十来岁的男子走到跟前，说钱带少了，手续费还差点钱，能否借 200 元？又来了，我皱了皱眉头，对这个贸然而至的陌生人当即予以回绝。他随后踅到了另一处座位上的一位姑娘旁，一番言说后，那姑娘竟鬼使神差地拿出包里的皮夹，抽出两张 100 元给了他。我一下目瞪口呆。他凭什么如簧巧舌让姑娘相信呢？我欲上前阻拦，可继而一想，可能人家真的缺钱，有什么证据证明他是说谎呢？

也许有时我们的纯真、善良，恰恰是骗子寻找“信任”的切入口，可你又如何能分辨这变幻莫测的世界？当有人中了大奖，兑奖机构人员上门告知时，还以为是骗局；当有人看病走后，医院发现其急需治疗急切寻找时，却认为是骗子电话。假作真时真亦假。想起《雾里看花》里的一段歌词“借我一双慧眼吧 / 让我把这纷扰 / 看得明明白白真真切切”。别来测验我的信任：信任是双向的，我信你，切莫随意辜负！

读书要有一种心情

此时，我正坐在窗下，格非小说《春尽江南》已翻到了最后一页。窗外一丛翠竹在风中摇曳，新发的嫩叶正慢慢舒展开来。趁着假日，把曾耽搁了一段时日的格非“江南三部曲”的最后一本书一口气读完了。合上书页，一丝淡淡的轻松愉悦掠过心头。平日于忙碌中，总是零敲碎打地胡乱翻一些书，好久没有这样专注地阅读了，也没有这样淡定地坐上一整天。我忽然感到读书要有一种心情的，那就是风轻云淡、安逸自在，也就是能平心静气放下一切去阅读，不管外面刮风下雨，不去想任何事情，让纷扰让位于心的宁静。这样，你就自然进入了书中，随书中的情节而悲喜，与书中的人物共呼吸，让你欲罢不能，沉浸其中。

上中学那会儿缺书看，家中多是父亲带来的诸如《哥达纲领批判》《反杜林论》《国家与革命》和《毛泽东选集》等书籍。夜晚，坐在被窝里，专看书中注解，竟也读得津津有味，了解了不少历史人物和事件。那时能借到一本文学书，往往兴奋不已，躲到一个角落，痴痴地看着，不知外面天色已黑，忘了回家吃饭。有时放学回来做饭，趁空隙捧起本还未看完的书，直至闻到饭被烧煳的焦味才如梦方醒。现在想来这样的读书滋味让人怀念，也很享受。那一刻，红尘远去，心无杂念，只有灵魂与灵魂的碰撞清晰可闻，带着不可言喻的心情。

我一直对千古流传的“头悬梁、锥刺股”的“苦读”精神心生敬畏，但从今日的眼光来看，又不免觉得这种“自虐”式的读书，既有迫于挣脱环境、出人头地的无奈，也有内心的焦虑和煎熬。我倒更欣赏在心情放松状态下的读书，如唐代诗人刘禹锡所述：“数间茅屋闲临水，一盏秋灯夜读书。”蒲松龄在《寂坐》诗中写道：“平生喜摊书，垂老如昔狂。日中就南牖，日斜随西窗。”这种阅读的闲适和随性，让人感受到了不为名利所累、不为外物所动、自得欢愉的心情。至于白居易的“月下读数遍，风前吟一声”，更透出几分阅读的清雅潇洒。

古人说：“读书，放宽著心，道理自会出来，若忧愁迫切，道理终无缘得出来。”我以为良好的心情对读书至关重要，能决定阅读的效果。人若舒畅，气静神闲，在好心境下，很快就会进入书的世界，被书所迷，如痴如醉；如若烦忧不快，处于浮躁、遑遽之中，就难以静心，甭说只字不进，就是硬着头皮看了，也难免浮光掠影，不知所云，怎谈得上读书的乐趣。

读书不能“叶公好龙”，浪得虚名；也不是强加于人、无可奈何之举，而是修身养性、提升自我之自觉行为。如苏东坡“宁可食无肉，不可居无竹”也；似漫步林间、海滩，想走则走，想停则停，自由奔逐，轻松随意，追求内心的畅快，在惬意中，真正融入于血液里，全然“天地与我并生，万物与我为一”，那该是多么美妙的感觉。

重拾生活的趣味

生活在魔都，在五光十色的世界里，有许多地方可去，有许多事可做，你随便往哪里一坐，一天的时光就打发了。特别是在休闲的时候，你可以去看一场电影，听一场音乐会，逛一逛街，吃一顿饭，或邀三五朋友聚聚，甚至开辆车到城市的边际去转转，随兴所至，放松自己，自得其乐。

像这个双休日，我突然想起了做菜。早上在找书时一眼瞥见夹在书架中的一本食谱，这本书不知什么时候放进去的。我鬼使神差般地把它抽出随便翻了翻，其中一则“华彩鱼肉”的菜肴吸引了我，干脆坐下细看起来，发现这道菜工序不复杂，用料也简单，于是一个想法便在脑中产生，尝试做一做。对于烹调，我曾一度兴趣盎然，尚能做几个菜。当初单身时，因陋就简，用一个做饭的小钢锅就烧出多样菜来。结婚后，原先不会做菜的妻子后来居上，而我的厨艺则逐渐退化。我觉得妻子烧菜有天赋，她属于那种上得了厅堂，下得了厨房的人，不仅菜做得色香味俱全，好多菜一学就会，到饭店就餐，遇到有的可口特色菜，回来后竟能学做得像模像样。我跟她开玩笑，你要开饭店，保证顾客盈门。我在享受口福的同时，久未上灶台，也就“武功”自废了。

趁着出去办事，我顺便到菜场转了一圈，采购了必备的食材。回到家，把一段青鱼洗净取骨切丝，加盐、鸡蛋清、淀粉上浆；再将水发冬菇、青椒、红椒切成丝；另备葱姜，并用盐、黄酒、胡椒粉、淀粉等和水兑汁放置一边。待一切就绪，随即将食材放入油锅，顿时香味四溢。不一会儿，一盘色彩鲜艳的鱼丝炒菜就出锅了。尝一口，滑嫩细腻蛮入味。作为家常菜，鱼平常大都不是红烧就是清蒸，变换下花样，倒吃出了新味道，虽勾芡略重了点，就连起初冷眼旁观的妻子夹上一筷吃后也点头认可，儿子更是大快朵颐，一盘菜很快被“瓜分”。看来老底子还在，顿时心情大好，颇有成就感。

大概受到烹饪的激发，趁着冬季大白菜下来，次日我又想包顿白菜猪肉馅饺子，于是专门去菜场采购食料。包饺子看似简单其实是个技术活，和面、擀皮子和拌馅既讲究又费工夫。我自小受父母传授，尤其到了部队，逢年过节都要动手包饺子。在新兵连，一个陕西兵包的饺子特别好看，捏出几个皱褶，像个金元宝。我就开始学他包的样子，一直沿袭至今。那时每个班分上半袋面粉，一大盆白菜猪肉馅，大家又是和面，又是擀皮子，忙得不亦乐乎，包完了再轮流去伙房下饺子，特别开心。经多年历练，从和面、擀皮子到拌馅，整个流程我都操作自如。以前，每逢回家休假，我知道父亲爱吃饺子，都要包上几次，从一大早准备面料食材，到晚上热腾腾的饺子出锅，忙上一整天，虽累得腰酸背疼，可心里甜滋滋的。如今菜场都有饺子皮买，包饺子省事多了，只要拌好馅、把皮子捏实就行。夏天，我喜欢用韭菜、虾仁、鸡蛋馅或芹菜猪肉馅；冬天，大多用白菜猪肉馅。但已有好久没动手包饺子了，一来少了兴致；二来这活已被妻子揽去，她从我这里得了“真传”，熟能生巧，拌的馅比我拌的还好，我也乐得坐享其成。所以，这回没让妻子插手，全程由自己一手搞定。那猪肉白菜再掺上大葱、香料等，香气扑鼻，吃起来还是过去那个味道，从中又一次尝到了做面食的趣味。

梁启超在《敬业和乐业》一书中说：“凡人必须常常生活于趣味之中，生活才有价值。”他主张“趣味主义”的人生，并把人生有趣的事归为“劳作、游戏、艺术、学问”四大类。人生在世，各有各的生存状态，但生活中的趣味不能少。诸如烹饪养花、读书写字，看似无为却有为。生活的趣味要靠自己去寻找、去营造，重新捡拾起一些兴趣爱好，或做些自己喜欢的事，在喧嚣浮躁和快节奏的生活中放慢脚步，调适自我，多份闲云野鹤之情，使生活变得更加丰富多彩。

家具拼装记

平生最烦房子装修，那东跑西颠不说，更是操心劳神。一场装修下来，不跑断腿，也要脱层皮。因吃过苦头，常会谈装修而色变，大有“一朝被蛇咬，十年怕井绳”之感。

装修这事可往往由不得你。前段时间，又遇装修，本想省事，全包予人，但对方开价野豁豁，远超预算。于是鸣金收兵，还是自己披挂上阵。好在事过境迁，装修也在悄然发生变化，几番下来并不觉太累。如今已进入网络时代，既可到建材市场采购，也可上网刷屏。打开电脑、手机上淘宝，随处浏览，凡心仪的建材家居物品，鼠标滑动，手指轻点，便入囊中，既物美价廉，又快捷方便，已与前些年不可同日而语，无怪乎现在实体店生意难做。

没有多少时日，房屋的硬装修就完工了，进入了家具采购阶段。我和妻子在网上把所需物件一一购定，约定时间，等候送货上门。不曾想问题来了，因大多店家是不负责组装的，当初既没问清楚，也没当回事。可拆开包装却傻了眼，除了一块块钻好眼孔的散装板材和几包螺杆、木榫、钉子等物件，就是一张不知所云的简图。望着眼前的一大堆东西，一时不知如何下手。这组装对别人来说可能并非难事，而之于我这一介书生，无疑是兔子拉犁耙——力不能及。我自责下单太快，考虑不周。见我愁眉不展的样子，妻子倒是淡定，说慢慢来，不着急，先装装看。

无奈之下，把物件弃之一边，干脆坐下硬着头皮细细研究起图纸来。一番琢磨，竟眼睛一亮。原来这些家具组装是有窍门的，都是采取“三合一”的方法，即先在木板小孔上埋进膨胀胶粒，锁上连接螺杆，再在大孔里按入偏心轮，然后把一块块板子“三合一”拼合固定。我决定先易后难，试着从床头柜装起，埋好螺母等物件后，按图索骥，以先后顺序对木板进行拼装，并不断用螺丝刀调整拧紧，直到密缝为止。接着，安装抽屉轨道、拉手。渐渐，一只床头柜终于鼓捣成了。我大喜过望，以此类推，一鼓作气，再下一城，组装了茶几、餐桌。由于摸出点门道，技术开始熟练，渐入佳境，安装速度明显加快。此后，随着货到，又相继把床架、衣柜等大件家具拼装完成。最难装的要数门铰链，有些技术含量，经反复调试校正，这一难关终于也被攻克。这时，我颇有些成就感，俨然像个木工师傅，眯缝起眼睛检阅起这一件件竖立而起、像模像样的新家具。虽然脸上汗水涔涔，手掌起了血泡，人也累得直不起腰，但面对用自己双手创造出来的劳动成果，心里如抹了蜜般。

说实在的，我真没想到自己还有这样的能力，居然把这些家具弄成了，最初完全是背水一战，赶着鸭子上架。佛说，烦恼就是智慧。那么困难何尝不是催化剂？其实，许多时候人的潜力没被发现、挖掘。有时看似“山穷水尽疑无路”，然而只要敢于尝试，勇于探索，奋力一搏，也许就会“柳暗花明又一村”，走出一片新天地。

当了一回粉丝

都说舞剧《永不消逝的电波》精彩好看，刚一问世便有“大片既视感”之美誉。那天下午，去上海城市剧院观该剧，虽是夜场，因路远去得早，从地下停车库出来，经过剧院的侧门，那门不大，只是一条小小的通道，却见门外面围了一大圈年轻人，走近一看，一位个儿高高，梳着油光大背头，身着黑襟衫的小伙子，被围在中间正给大家签名，他还未卸妆，浑身透着帅气。旁边还站着一位姑娘，捧着一束鲜花，化过妆的脸上热情洋溢。我看粉丝们拿着门票和画册在让他们签名，猜想这一定是剧中的演员吧。看到这场面，我不知从哪里冒出股劲，对妻子说，咱们是否也赶下时髦做回粉丝？妻子会意一笑，马上和我到剧院售票处去换了票，又赶紧跑回原地，也挤进了人群。

这时，那位男演员仍和一些粉丝拿着手机在合影，从旁人言里知其是该剧的男主演。我见那些女孩都是有备而来自备签名笔，忙向一位女孩借了一支，走到他面前，递上票请他签名，他拿起票看了看，笑了："哟，这是晚上的票，不是我演的，我就签在反面吧。"说着就签上了自己的名字。我方明白他们是分AB角的，他是下午场的男主角刚演完出来。但我立时被他的谦逊、宽和打动了，不想如此平易近人。我提出合个影，他马上站过来跟我们一起合影，并主动帮选好角度。照完相，他笑笑又应别的粉丝要求去签名了。接着，我们又与那位女演员签名合影，她同样如此，有求必应。事后知道，这位男演员还颇有些名气，是个有实力的青年演员。我想，身怀谦卑之心，就是满身光环，也能走进他人之心。那个时候，空气里仿佛有一种温柔的感觉，被相互交融的愉悦荡漾着。看着手机里的合影和他们的签名，心中涌起久违的兴奋。我曾经对追星之类是不屑的，没想到今日自己也做了回粉丝，似乎又回到了年少的岁月。快乐真的不需要理由，哪怕一次偶然的邂逅，都会瞬间让你心花怒放。

当走进剧场，灯光亮起，再看舞剧顿时有股亲切感扑面而来，内心已有了呼应，一下与台上的演员拉近了距离，似乎更能走进剧情。《永不消逝的电波》因有当年的电影早深印脑海，怎样用"舞"的无声语言来讲好这样一个家喻户晓、年代久远的故事，开始我是怀疑的。而现在我每时每刻被台上的舞蹈拨动着心弦。这场演出的主演是著名舞蹈演员朱洁静、王佳俊，看得出演员们非常用心，怀着崇敬和真诚来演绎革命先烈的英勇奋斗精神。舞台视觉丰富开放，既很历史也很当代，一招一式清晰完整地表现出了复杂错综的人物关系和跌宕起伏的故事情节，在时代的风云激荡和老上海风情中融入了青春色彩、浪漫情怀和谍战氛围等元素，展示了一幅波澜壮阔的图景。果然名不虚传，这自然也引燃了台下观众的热情。当演员谢幕时，观众席中的掌声一阵接一阵，这不仅是对该剧的肯定，也是对演员精彩表演的赞赏，我忽然觉得她们是红色中那抹亮眼的光，传递的不仅是美，还有真和善、崇高和信仰。

从剧场出来，天下起雨来，也吹来丝丝凉风，顿感一股清新之意。走过剧场侧门，又见不少观众围着刚卸妆出来的演员在签名，与我下午看到的情景一样，演员们仍谦和有礼，笑容满面，雨水顺着伞流到她们身上也全然不顾。妻子又过去签了几个名，看着她兴奋如小孩一般，我站在一旁笑了，感到这个晚上没白来。

这个春节

窗外依然下着雨，从节前到节后没有停过，一股阴冷始终弥漫在空气中。原本这个春节，举家要去广东度假，年前早早安排好了行程，购好机票和高铁票。可计划赶不上变化，就将启程之际，传来武汉新冠肺炎疫情的消息。起初，并未在意，心想隔着那么远，有多大影响？但随后几天随着感染病例的增加，并迅速蔓延，心不由紧张起来。这时，网上群里有关消息也多了起来，不断被刷屏，犹豫再三，还是决定把所有票都退了。尽管那时还没实行全国各地免费退票，但日后的形势发展证明这个决定是正确的。后从网上看到，我们要乘坐的那列高铁上发现了病例，在急寻同行人，我倒吸了口凉气，不知是庆幸，还是后怕，只觉得世事难料，你永远无法知道明天会发生什么。记得以前从不去想往后的事，如今突然有种因对未来的无知而泛起莫名的焦虑。

天空一直阴沉着，像被蒙上了块湿布，雨水滴漏不止。年三十夜，当大家还照常在看央视的春晚节目，上海的首批医护人员已辞别家人，逆袭而行，登上了飞往武汉的飞机。疫情陡然严峻起来，仿佛世界按下了暂停键，大街上车水马龙、人声鼎沸的景象消失了，骤然变得空空荡荡。小区里静悄悄的，除了偶尔从树上传来几声鸟鸣声，似乎一切都凝固了，再看不到往常的节庆气氛，大地从来没有这样寂静过，真有点白茫茫真干净的感觉。我第一次意识到，在可怕的病毒面前，人类是那么渺小和无助。从初一开始，我就宅在家里，再没外出，每天从床上醒来第一桩事除看疫情动态信息，无所作为，能做的就是尽量不出门。闲来无事，踯躅于书柜旁，漫无目标地巡睃着一排排书。蓦然间，目光与一本书相遇，心咯噔一下，不由抽出翻阅，这本叫《钢铁是怎样炼成的》书，实在太熟悉了，年少时就读过，书中的主角保尔·柯察金坚忍的毅力和积极乐观的态度当年曾激励了无数陷入困境的人们再度扬起风帆。于是，那些天又细细读了一遍，渐渐，心静了，感觉有一股力量涌来，丝丝忧虑被一种崇高和坚强慢慢融化。古人有云，猝然临之而不惊。我想，这个时候谁也无法置身度外，危难之中，重要的不仅是信心和定力，或许更需要从自身上寻找勇气和能量。

天空终于放晴，笼罩多日的阴霾淫雨悄悄退去。一大早一抹久违的阳光照进屋内，起床推开窗户，随着清爽的晨风吹来，一下使整个屋子变得温暖，有种微醺后的舒爽、慵懒与闲适轻轻地朝身上爬来，让人松弛。我和妻子赶紧把年前为防寒放进屋内的花盆一一端出窗外，这些有点蔫蔫的枝叶在阳光和风的抚慰下慢慢挺直了身子，活泛起来，显出生机。妻子说，好久没去菜场了，想买些新鲜菜。我说一起去。她摇摇头道，没必要，一个人就行了。她把自己防护得严严实实，待穿戴停当后就跨出门去。望向其背影的一瞬间，忽然觉得妻子的淡然和坚毅。是啊，尽管疫情的阴影还在，但生活终将继续下去，寻常的日子依旧，这是任何东西都阻挡不住的。

第四辑

山河入梦

对于一片土地，不管待过多久，总会有所依恋。但每个人注定又是一个匆匆过客，毕竟要离开的。因为还要继续往前走，还有下一处风景等待着你。

回望沂蒙那片土地

也是这样的季节，也是这样炽热的阳光，两年前的仲夏，作为领队，我和一批青年后备干部来到了沂蒙山，踏上了这片心仪已久、魂牵梦绕的热土。从临沂出城，驱车直赴沂蒙山，沿着宽阔的柏油马路透过两边的行道树，可以看到高耸的大楼和鳞次栉比的商店。再往前走，就出现了村庄、田野和起伏的群山，山没有想象中的高峻和茂密的植被，但山村中流淌出的小溪，四周田园的葱郁，让我眼前一亮，虽然第一次到此，恍惚间却有种似曾相识，对这里的一山一水似乎早了然于心。儿时常听父亲说起沂蒙山，这不仅是我的老家距沂蒙不远，父亲更是在这里参加过孟良崮战役。如今真的走近，有种亲切在心海荡漾。

沿着石板坡道，走进一处山村，村外溪流绕村而过，村中道净人静，鸟语花香。房屋大都是石块垒砌，房顶盖有青瓦或茅草，依次向上排列。葱绿的树木和藤蔓从院墙探出身来，遮挡了沿途的阳光，带来一丝凉意。这是一座典型的沂蒙山村，也是如今的沂蒙山革命传统教育基地，这里有抗大分校校址，也有实景展览，集中展示了沂蒙人民支援祖国解放事业的英雄业绩。跨进一户院子，只见一尊老妇的塑像，她就是著名的“沂蒙红嫂”明德英，当年冒着生命危险用自己的乳汁救活伤员。在沂蒙这片红色土地上，这样的“红嫂”有许许多多。在后来的参观中，又看到了“沂蒙六姐妹”等女英雄的事迹介绍，据说这名称还是陈毅元帅所取。在孟良崮战役的日日夜夜，“沂蒙六姐妹”动员全村烙煎饼、做军鞋、洗军衣，护理伤员、筹集军马草料，一天只吃一顿饭，每天来回二十多里山路，不分昼夜地支援前线。还有妇救会长兰花，在孟良崮战役打响后，带领姐妹们冒着枪林弹雨抢救伤员，用柔弱的肩膀在湍急的河水中架起“火线桥”，使部队及时奔赴战场。凝视着墙上晦旧的照片，当年的她们一个个年轻秀气，虽身着黑色土布棉袄，却丝毫阻挡不住脸上青春光彩的洋溢，她们就是用自己的勇敢、坚毅和奉献诠释出了沂蒙精神。那个时候的沂蒙到处响着“为了前线，毁家支前”的口号，真是“村村有烈士，家家有红嫂”。老百姓宁可自己吃高粱面、咽野菜，也要把最好的面食送给伤员吃。仅孟良崮战役，随军常备民工就有 7.6 万名，支前民工人数超出我军参战部队的三倍。

“人人那个都说哎，沂蒙山好，沂蒙那个山上哎，好风光……”当走进放映大厅，观看描写沂蒙儿女支前的电视，听到片中响起的《沂蒙山小调》，我禁不住心潮翻涌，双眼渐渐被泪水迷蒙，画面上的人物变成了奶奶和父亲，仿佛进入了烽火连天的战争岁月。那年，父亲参加八路军一去三年音讯全无，奶奶独守孤灯苦熬日子，还被还乡团抓走逼问。父亲在孟良崮战役中身负重伤，身上多处中弹，脑中被炸进了弹片，昏迷不醒。正是两位支前民工用树枝做担架，冒着敌机轰炸，及时把父亲送到了野战医院才保住了生命。此刻，只有站在这片土地上，才感受到这一幕幕历史记忆的真切，激情再次在胸中澎湃。我为那个年代的人们而感动，也为沂蒙人民为中国革命胜利做出的巨大奉献和牺牲而敬佩，正是这样的人民用自己的血肉之躯筑成了共和国的江山。

层峦叠嶂的沂蒙老区山崮众多，连绵的山崮如星罗棋布的烽火台。这些“崮”顶部平展开阔，周围峭壁如削，易守难攻。极目远眺，逶迤的群山间那大大小小的山崮，哪一座背后没有故事？在抗日战争、解放战争中，仅蒙山沂水间发生的战斗就多达两万余次。处于蒙阴县垛庄镇的孟良崮更因驰名中外的孟良崮战役而家喻户晓。1947 年 5 月 13 日黄昏，孟良崮战役正式打响，自诩“天下无敌”的国民党张灵甫的整编七十四师就此被陈毅、粟裕领导的华东野战军歼灭。此刻的孟良崮，静立苍穹，风和日丽，硝烟早已散尽。这更使人想到胜利来之不易，过往的奋斗对于我们今天生活的意义。在苍松翠柏掩映的华东烈士陵园，这里安放着两千多名烈士的遗骨，也镌刻着六万余名烈士的英名。骄阳下，大家走向英雄纪念塔敬献花篮，并重温入党宣誓。汗水从脸颊流下，谁也没去擦。当我上前抚平花篮上的垂带，心再也不能自已，耳际响起的是孟良崮战役总攻时的激烈枪炮声，也是这样一个阳光炽热的下午，峭壁悬崖，弹雨如织，战士们仍一往无前地往上冲。我也再次听到了父亲曾经的话语："我这辈子做得最正确的一件事就是跟共产党走！"我终于明白了，那时人们之所以无畏牺牲，义无反顾，因为他们心中都有坚定的信念。

在沂蒙的那些日子，面对这片红色的沃土，我时常热泪盈眶。如艾青所言："为什么我的眼里常含泪水？因为我对这土地爱得深沉。"如今回望那片土地，我依然念念不忘，那是父亲浴血奋战过的地方，也是我的故土。

在庐山牯岭

秋日上庐山，住牯岭，一下被这山顶之城所吸引。此时秋意正浓，层林尽染间，一栋栋风格各异的新旧别墅时隐时现。抬眼望去，山谷中，盖着红色瓦顶的片片民居，似燃烧的红枫，与那淡淡的云彩相映成趣。

也许是山城浸润了太多的岁月沧桑，走在牯岭，总有种莫名的躁动和复杂的情感，想探究那厚重帷幕后曾经激荡变幻的无数风云。这片山地，当年由英国传教士李德立强行向清政府“租借”开拓后，西方列强蜂拥而至，大兴土木，日后也成为政治风云的际会地，与中国历史紧密相连。如今往事已成云烟，但留存的建筑依然在叙述着历史的嬗变。

在庐山的那些时日，除了看山观景，我时常在牯岭街上兜兜转转，除了放松心情，也想寻觅昔日的遗韵。尤其徜徉于那条老街，沿着山坡石阶往下走，两边是旧时的建筑。那店铺是敞开式的，可以随意进去挑选物品；邮局是小时候见过的那种有柜台的，上面放着糨糊、墨水瓶，外面立着一个圆鼓鼓的邮筒。有画人在街旁作画，边上挂着画作，几个路人围在一旁观看。走在这样的路上，总觉得又有几分亲近，仿佛走在儿时的梦境里。

我感到老天给了庐山太多的眷顾。你偶尔捡起一块石头，说不定是来自亿万年前的；你随便择一处住下，可能走进了一段历史的故事中。对这样的自然造化和人文资源，在牯岭随处可见。我们住的酒店大门旁就竖着一块飞来石，据说远古时就立在那里，属第四纪冰川运动的产物。酒店落成后，自然成了迎客的招牌。有天散步时，看到宾馆内一个花坛边立着一块石碑，走近细瞧，碑上字迹模糊，只看清“�庐”两字，似有些年头。问工作人员，才知碑额是在修建宾馆挖地基时新发现的。原来民国时期的女社会活动家张默君与国民党要员邵元冲曾在此居住过，当时的书法家吴敬恒为他们历经十三年的姐弟恋最终喜结姻缘所感，特为其居所题写“�庐”两字，意为绿竹相映的房屋。因两人一为军人，二为才女，即以竹之节喻军人之节、文人之节。一块普通的石碑不经意引出了一段婉约美妙的往事。

庐山满山是景，牯岭四周就分布着不少景点。有次饭后散步，不觉间就到了如琴湖，那晚霞正照在宽阔的湖面上，金色的斑斓掠过山峦树林洒落湖水，洇出一幅水墨浓彩的画卷，也透出处子般的宁静，看得让人沉醉。在高高的山顶上尚有如此艳丽娇俏的湖，庐山把应有的山水美景都拢于一身，不能不感叹“匡庐奇秀甲天下”。

牯岭城中只有一家电影院，且专放故事片《庐山恋》，每晚放映两场，雷打不动。《庐山恋》自 1980 年在此首映至今，已创下同一家电影院放映同一部故事影片，观众人次最多、放映场次最多、使用拷贝最多的多项吉尼斯世界纪录。于是偕同伴特地去看《庐山恋》，坐进老旧的影院里，墙上射下的光束随着嗞嗞的响声从头顶穿过，想起了从前看电影的情景。对这场上世纪 70 年代的恋爱，时下的年轻人难免有些费解和好奇，座席上的青年男女不时发出阵阵笑声。而我重温《庐山恋》，恍若光阴回转。银幕上的郭凯敏、张瑜当年都是二十出头的俊男靓女，清新脱俗的形象令无数人追捧，尽管他们演绎的爱情刻有当时的印记，却真实反映了那个年代人的纯真。走过庐山，再看《庐山恋》，有种别样的情愫。那个夜晚，从影院出来，大家意犹未尽，沿着山道边走边议。每个人的心中都有一块圣地，《庐山恋》抑或也勾起了自己曾经的爱恋？

街上依然灯火通明，人来人往。天上的星光泄在山头上，遥看星河如在眼前，不知是否身处天上人间？记起下乡那阵子，也曾踏着星光，走十几里路，去邻村看电影，那晒谷场上密密匝匝站满了人。过往的青春记忆瞬间又在脑中重现，这一晚，我睡得特别香。

把心放下的地方

身在红尘，朝起暮落的辗转，月缺月圆的浮沉，免不了被各种纷扰羁绊，总想找个地方把颗心放下。那日，去了云南腾冲，换乘了两趟飞机，再坐两个多小时巴士，风尘仆仆地抵达时已是夜里十点多钟，一身的疲倦顾不得看窗外景色，匆匆洗漱后就睡下了。翌日出了宾馆，才发现这城四周环山，但街道宽阔，行道树浓郁，没有鳞次栉比的高楼大厦，街两边大都分布着玉石、红木、茶叶等商店。风吹来，空气中满是植物的蓊郁之气，顿时，心里有了些许畅悦。

先前，对这座边极小城知之甚少，只是从《我的团长我的团》等电视剧中知道了这里是中国远征军出征缅甸之地，也是同日军激战之地。海拔三千七百多米的高黎贡山，曾是日军重兵把守的要塞，山下和山上温差极大，为攻下阵地，无数的中国军人在那里洒下了热血。这多少让我对腾冲有所向往，这样的烈悍之地，一定有其不凡之处吧？

当走进和顺古镇，刚刚晴朗的天突然下起霏霏小雨，放眼望去，依山傍水的民居、绕镇而过的清溪及拂岸的垂柳，全都掩映在迷蒙的烟雨中。有着六百年历史的和顺，处于西南丝绸古道上的第一镇，先民多来自明代屯田戍边的官兵，靠着古道，“走夷方”成了和顺人的生存选择，也成就了这一方水土。一队队马帮带着梦想出去，驮回了一片片瓦石，也驮回了珠宝财富。那融合了明清中式和南洋、西洋建筑风格的粉墙黛瓦、深宅大院、宗祠、月台、巷道和古朴的洗衣亭，无不显示和顺人精心营造的家园；而自明代中叶起，缅甸过来的大量翡翠玉石加工交易，又使和顺成为“翡翠之乡”。看来路的延伸，才有经济和文化的延伸。雨不停地下着，忽大忽小，撑伞穿行在古老的街巷，看着老商号里的物品，耳旁仿佛传来了古道石板上的马帮铃声，光阴在那一瞬间凝固。沿着河边小道，向峡谷深处走去，路旁的湿地时有野鸭飞起，山间郁葱处古刹隐现。临山湾时，雨即停，阳光从云端斜刺刺地投下来。一汪碧潭鱼翔浅底，清幽的潭水映照着云天、青山和游人。想不到不远处竟是我国著名哲学家艾思奇的故居，他著的《大众哲学》《哲学与生活》，当年开通俗哲学之一代风气，启蒙了无数青年人，被毛泽东称为“学者、战士、真诚的人”。如今，他居住过的院子和建筑已辟为纪念馆，望着照片上那张充满才思的英俊脸膛，想起以往到过的那些古镇上出生的名人，突然感觉地灵人杰之理。

腾冲弹丸之地，却景色众多。眼望那崇山峻岭，不见参天大木，可平常之下总会让你有些惊喜。赴热海胜地，一入山中，只见云雾缭绕，山谷中奔腾的热流如瀑布夹着浓重硫黄味滚滚而下，山边路旁随处都有冒着气泡的温泉，形成的蒸气，更是把浅涧深谷笼上了一层神秘。有人放入从山下买来的鸡蛋，不一会儿就熟了。伴生着古火山地质而来的大量地热资源，使腾冲成为中国三大地热区之一。有句话叫作“到腾冲不泡温泉，等于没到腾冲”。温泉自然要泡的，那满山坡散布着的露天浴池，一个个被浓荫包围，被异石遮挡。偶有雨点落下，雾气袅袅中，舒畅地伸展肢体，随徐来清风，让水尽情浸润，心早已放松，飘飘欲仙。

穿行在腾冲，时常有身处世外桃源之感，仿佛徜徉在岁月深处，眼前变得清爽简单起来。在北海湿地，防朽木搭出的栏桥一直伸向远方。倚栏眺望，天空澄澈，青山连绵，一只只白色鹭鸶在水草间飞越，一群群棕色的野鸭子则于水中嬉闹出没，远处驶过的游船上传来阵阵歌声。那一刻，有种恬静悠远的美在心底泛起，让你体味到走过千山万水后的温馨和平静，像倦鸟归林。我很享受这样的安然清宁，如那个傍晚在城外的“侨乡斋”就餐。坐在楼上，瞧着这座有着百年历史的“走马串阁楼”，品着采自院中菜地的蔬菜。蓦地，窗外青瓦飞檐上几道电光闪过，远处响起沉闷的雷声，雨随之哗哗而下，雨声从浓稠的暮色中窜进了橙黄色的灯光下。这时候，恍若回到了雨打芭蕉的江南老宅，时光顷刻慢了下来。“花影不随明月去，谷香时从田野来”，进门时门旁的那副对联又浮上脑际，心已盈满了宁和安静。

一生只等一壶茶

有朋友自杭州送来龙井新茶。沏上，随着几片鲜嫩叶瓣在杯中慢慢舒展，水顷刻间被淡淡的绿意洇染得清澈通透，在袅袅的水雾中，清香随之飘散。我不谙茶道，只觉得这茶香清新淡雅、赏心悦目，喝着喝着，倒想起了千里之外的贵州湄潭。

也许是孤陋寡闻，原先我不知贵州还有个湄潭，直至前年初冬到了该地，才晓得是个盛产绿茶的美丽茶乡，而且一再地被惊倒。别看湄潭地处黔北偏僻山区，却有两个“世界之最”令人瞩目。一进湄潭县城，不像周边城市竖得全是酒文化雕塑，无论从哪个方向，映入眼帘的都是高耸于城中火焰山顶的一把棕色大茶壶，其气宇轩昂，蔚为壮观。壶内实为集休闲、娱乐、观光于一体的茶文化主题公园，不仅能从一个个窗口俯瞰全城，还可在里面喝茶就餐。据说为打造这个庞然大物，历时七年才完工，难怪号称“天下第一壶”，被载入吉尼斯世界纪录。我不知道坐在那上头喝茶是什么感觉，会不会有种君临天下、飘然自得的超然？

在湄潭流行一句很有名的诗“一生只等一壶茶”，这道出了湄潭人的好茶和对茶的看重。

真正让我体会到湄潭人对茶的钟爱，是见到了万顷碧波的茶海。那是世界上连片面积最大的茶园，广袤无际，绵延起伏，一马平川地伸展开去。站在高高的观光塔上举目远眺，仍一眼望不到头，唯有一条车行道宛若白色的绸带从中间飘过伸向远方。我仿佛置身于茫茫草原，又好像行进在浩渺的大海中，满目都是青绿色，称其茶海，真是名副其实。在震撼中，我似乎找到了“一生只等一壶茶”的注脚，原来湄潭人早已把茶与大地融汇一体了。这时，天空飘起了蒙蒙细雨，感觉空气中的湿润与江南无异。听当地人介绍，拥有七十多年历史的湄潭“翠芽”与杭州“龙井”不分上下，大概也与两地气候、环境相近有关。茶圣陆羽曾对湄潭之茶大为赞赏，称“往往得之，其味极佳”。可在就近的一家茶室喝茶，我品之感觉与其他绿茶并无二致，看来还是功夫不够。

不过，湄潭与江浙还是有些缘分的。抗战时期，浙江大学在校长竺可桢的带领下，跋山涉水西迁湄潭，师生们上课之余还在当时的民国中央实验茶场种植茶叶。在原先的旧址上，我见到了浙大教授曾住过的转角楼，无数的电线从楼前穿过，周围的房屋已拆去，只剩这幢摇摇欲坠的旧楼立在原地，墙上钉着全国重点文物保护的牌子。看着这座孤独的旧楼，我眼前浮现出了当年那些教授们的身影，他们从遥远走来，叙说着曾经的一段历史往事。如今他们已成为湄潭的一部分，与茶连在了一起。

那天，还登上了湄潭县城旁的一座山顶，充满生气的湄潭一览无遗，此起彼伏的高楼大厦展示着城市的发展。这时，远处的那把大茶壶与我已在一条平行线上。有茶才有壶，而有壶则茶方可尽情展现。茶是湄潭人的一切，茶壶则是湄潭的象征。呼呼作响的寒风中，我感觉与那把茶壶渐渐走近了。

赤水河畔访土城

到达土城已是晌午过后，冬日阴沉沉的天色笼罩在远处的群山上，赤水河缓缓地从城下流过。

我们是去赤水市的途中踏访土城的。因一场战役的缘由，对这一沟通长江与贵州的重镇虽早知晓，却是第一次到访。土城地处黔西北，在秦朝为巴郡地，现属贵州习水县。由于其独特的地理区位和丰富的资源禀赋，明清以来，就是赤水河中游川盐入黔的重要码头和集散地，素有“川黔锁钥”之称，自古为兵家必争之地。但土城最出名的，还是 1935 年 1 月遵义会议后中央红军的到来，历史注定要在这里写上浓墨重彩的一笔。那年红一、三军团及中央军委纵队进抵土城不久，川军 2 个旅就尾追而来。红军本想利用有利地形，在土城青杠坡一带摆开战场，歼灭这股敌军。不想情报有误，原以为川军的 2 个旅 4 个团实为 6 个团达万余人，且后续部队不断赶来。一时战斗惨烈，久战不下，双方呈胶着状态。眼看敌大军压境，毛泽东当机立断，决定改变原定北上计划，撤出青杠坡，渡河西进，避开强敌，从而揭开了著名的“四渡赤水”之战的序幕，土城也作为一渡赤水的主要渡口而载入史册。

从黔渝高速公路下来，沿着一条坡道上的廊桥，就进入了土城。与许多川黔山城一样，土城沿山坡而筑，依山傍水，层楼叠宇，古朴醇厚。站在镇口，望赤水河，大概是枯水期，河流细细浅浅，不见往来船只。对岸正在建造的盘山路上，泥土飞扬，几辆载重汽车吼叫着在卸石料。据说当年红军渡赤水时，河宽约200米，水流湍急，红军靠架设浮桥，硬是完成了几万人的渡河。走在土城，我耳畔总响着嘀嘀的军号声、踏踏的脚步声，仿佛有千军万马在这里集结。而眼前的街头分明悠闲宁静，狭长的石板路或上或下，时而平缓，时而陡峭，蜿蜒曲折，偶有小巷伸向赤水河边。两旁褐墙黛瓦的民房和朱门大宅，透出黔北民居的特色，标志土城十八帮如马帮、盐帮、茶帮等各种帮会的招幌迎风飘扬。街上游人不多，有些清冷，却很干净，有居民背着竹篓在逛街，或聚在门口聊天，一片祥和之景。

一路过去，土城不见琳琅满目的商店、酒吧和咖啡馆，但时常会产生一种时空交错的感觉。那盐码头、船帮旧址、古戏院、古酒坊、精美四合院，甚至街边转角处的参天古树和小桥流水，无不诉说着历史的意蕴；轻轻迈进一间间民居，那墙上的标语，舂米的石臼，挂着的红军草鞋，处处佐证着红色的印迹。在一袍哥堂口，遇一位戴着眼镜的清癯老者，他手拄拐杖、头戴礼帽、身穿长衫、脖绕围巾，全然一副民国时期绅士打扮，笑眯眯走来，主动与人合影，原此人为土城唯一活着的老袍哥。袍哥始于清乾隆末年，以侠义互助为信条。土城袍哥有清水和浑水之分，也算是古镇一特色。令我有些惊讶的是船帮商会旧址，这座晚清木质建筑气宇轩昂，保护甚好，屋外青砖拱门，屋内精雕细刻，支撑三个楼层的每根梁柱都是一棵棵粗壮硕长的原始树木，说是采自早年赤水附近的山上。街旁开设的客栈大都由民居改造而成，一个个精致靓眼，富有地方风格。看来土城结合当地特点，在保护古建筑、传承历史文脉和红色经典上下了不少功夫。陪同的镇长告诉我，土城在旧城改造中，没搞大拆大建，而是修缮完善，居民也大都是原住民，这使我对眼前这位理着平顶头、充满朝气的年轻镇长刮目相看。这些年有的地方在旧镇改造中，要么大拆大建，要么伪古风大行其道，极尽包装之能事，往往少了人间烟火，多了商业气氛。好在走过弯路后，这种状况已在改变。

离开土城时，已近黄昏，天色渐暗。不由想起八十多年前的青杠坡一仗，此战红军险陷绝境，却也由此导演出了“四渡赤水”这幕惊天地、泣鬼神的大剧，成了长征途中最重大的战略转折点。可谓“失之东隅，收之桑榆”“祸兮福兮”。此刻，朝赤水河方向望去，我看到了另一幅画面：马蹄声碎，喇叭声咽，苍山如海，残阳似血。

我自拈花笑

秋风至，望落叶纷纷，不免令人伤怀。可一踏进灵山小镇拈花湾，心却不觉有了绽放和畅快。

一听拈花湾的名字，就觉得好听，沾满了诗意和禅意。出无锡城西行，不到 1 小时的路程，就见到了坐落在山窝中的这座小镇，其面朝太湖，背靠群山，浓郁树木间掩映着一幢幢覆盖着青色大坡顶的米色、白色的木结构建筑。要不是导游预先告知，这小镇没有历史、没有故事，只是参照日本奈良风格和江南小镇水系而打造的禅意胜境，真以为到了日本。看惯了小桥流水的水乡小镇，眼前的拈花湾，让人眼睛一亮。

进门沿着石板小路向里走去，一团团乳白色的云雾在草木中袅绕，伴着悠悠梵音，只见流水潺潺，鲜花盛开，鸟语虫鸣，秀竹摇曳，茅舍水车隐匿其间，如临仙境，梦幻迷离。出小径，一湖挡前，岸边一棵弯曲老树苍劲挺立，透过依依垂柳，河面上荷叶漂浮，湖亭静卧，一只乌篷船在蓬茅、芦花间若隐若现，与远处的山峦、天光云影相衔，构成了一幅别致的山水景观。蓦地，发现一只金黄色的蝴蝶在花草中盘旋，拿起手机刚想趋前拍照，它像发现了什么，又飞走了，我便追着它，一路来到溪流边，按键的瞬间，忽然见到了自己倒映在水面上的身影，才知那一刻已忘却了身在烦尘。

越过斜径，沿着一条大道往前走，一边是错落有致的日式客栈，一边是整片满坡遍种大丽菊的花海。放眼望去，还是成片的翠绿，似草原牧场，走近方见花正含苞待放，只有边上几株急不可耐地早早开出了黄色的花朵，在风中招展。料想菊花粲然盛开时，满野晕染，定是壮观。再看那客栈，院落里花草布置得井然有序，围栏上爬满了藤蔓，窗户洒落斑驳的光影。此时，一本书、一杯茶、一张椅，临窗而坐，读书吟诗，该是多么惬意自在。只是一些民宿尚在装修之中，不见有客入住，据说住宿的价钱不菲。还是应了那句话，理想很丰满，现实很骨感。

拈花湾似一卷画，一页页翻开，景色各异。不仅有湿地、山谷、小桥流水之园林，也有着力营造的“一花一世界”的禅意场景。唐人刘长卿在《寻南溪常山道人隐居》诗中云：“溪花与禅意，相对亦忘言。”徜徉其中，一颗心不由自主地沉寂下来。恍然间，拐进了香月花街，这是拈花湾的禅意主题街。街头游人不多，不闻喧闹。漫步于一家家禅意小店，穿梭于唐风宋韵的景观建筑中，犹如置身禅意世界。除了各色美食小吃、咖啡茶饮，这里既有宜兴紫砂、惠山泥人手工制作等当地文化遗存，也有茶道、花道、香道、琴道、书道等传统文化展示，更有抄经、打坐、托钵、经行等禅者生活体验。阳光仍烈，天有些闷热。突然，街心花池里，莲花吐艳，如洒天露，呈各种妙曼造型，也带来阵阵凉意。偶有一队身着唐服、撑着花伞的女子从街中飘然而过。又见花木云雾中，一戴斗笠僧侣正颔首端坐，初以为是塑像，不一会，却见其起身而去，原是真人秀。亦梦亦真，恍若岁月穿越。

就这样，随心所欲地走着、看着，渐与山水相融，不觉时光已逝，忘了归去。静静坐在渔港码头的条凳上，望夕阳正照湖上。一艘游湖的小船刚归来，一位姑娘小心携护着两位男女老人慢慢走出舱下船。我不知道他们的关系，看老人脸上漾着的满足笑容，不禁想起“我自拈花笑，清风徐徐来”的诗句。我顿生羡慕，遗憾自己没了这个福分，“子欲养而亲不待”，没有机会再为父母尽孝了。美好和快乐往往转瞬即逝，人生更多的是烦恼和苦难。这样想着，心竟有了几分寂寥。本是到此放空心灵，却又黯然神伤，看来还是不能免俗。

冬日的锦园

当阳光从云层中钻出的一瞬间，原先乌云密布的天空霎时如四分五裂的镜面，道道光束似箭般穿过裂缝射向烟波浩淼的湖中，整个湖面立时被照亮了，船帆、岛屿如笼罩在金光里。

此时，我是站在太湖锦园一侧的湖边看到这一景象的。尽管初冬的寒风从湖面吹来冷飕飕的，但我还是被这一壮观震撼得有些热血沸腾。从大箕山上的华东疗养院下来，出门往前走也就十多分钟的路程，就到了地处小箕山上的锦园。起初并不知这就是有名的锦园，门口没有铭牌，只被一道栏杆拦着，低矮的门卫室里空无一人，一张老旧的桌子摆放其间。于是就顺着大道往里走，慢慢的，一股大家园林的气势出来了。这是一片开阔的地界，满目都是绿色的草坪和高大的树木，空气里弥漫着清新的草木味。只是有些奇怪，空旷旷的寂静无声，怎不见人影？偌大的园中只有两处建筑，在一处苍翠葱茏的树木中，立着一座四角上翘、琉璃瓦顶、楠木结构的平屋，四周廊柱相拥，匾额上书“荷花轩”三字，这才明白自己无意中进入了早已不对外开放的锦园。这屋原是为观荷而建，可惜廊柱门框已油漆斑驳，从雕刻精致的门窗望进去，里面堆满了杂物，墙上挂着蜘蛛网。邻近一池河水中满是残荷败叶，显着萧索的气息，错过了它们最好的时节，只能遐想着夏日这里盛开的满塘荷花。不过，想起《红楼梦》里林黛玉曾引用李义山的诗“留得残荷听雨声”，倒觉得这残荷也是一景。举头往左看去，一个山包上几排房屋被粉白的高墙围着，前方有一座白塔和亭阁，走近才知是望湖亭，依然重门深锁。锦园为荣毅仁伯父荣宗敬在上世纪20年代所建，50年代献给国家曾作为国宾馆。据说现在又被荣家人重新买回去成了私园，也有说还是国宾馆，众说纷纭、扑朔迷离，更为其增添了一层神秘色彩。想当年这里车马往来、要人出入、戒备森严，是何等的辉煌气派，而如今却是“画梁春尽落香尘”，不免让人觉得有些落寞惆怅。

这时望向大箕山方向，倒是生机一片，煞是好看，一栋栋风格各异的建筑掩映在蓊郁的树林中，交织出一幅错落有致、浓淡相宜的图景。往日来大箕山大都足不出户，从不知晓锦园近在咫尺，也无留心从外围对其观望。人有时身在其外，容易被表象所迷惑；身处其中，又往往看不清自己。是否像古人所言“不识庐山真面目，只缘身在此山中”？

沿着湖朝里走去，是一条长长的通道，两旁树木扶疏，远处有一座拱桥在绿荫中若隐若现。锦园其实不大，但所处位置绝佳，它南望鼋头渚，西临三山岛，背靠大箕山，环水而立。站在岸边，面对缥缈太湖，顿生辽阔苍茫之感。只见白茫茫的湖水涨得快与岸齐平了，滚滚波涛不时向岸边涌来。岸旁纤弱的垂柳在风中飞舞，一次次地被按下，一次次地又抬起头来。细细的水杉树叶纷纷飘落，铺就了黄黄的一地。此刻，我的目光突然凝固了，远处有一棵榆树已脱离了岸边，孤零零地扎在浅滩上，风不断吹着它，浪不断地击打着它，虽然根须已被水冲刷得暴露在外，可它仍然高昂着头，稳如泰山，岿然不动。近旁几个穿着连体胶衣的渔民，不顾风急浪涌，乘着橡皮筏，正向湖中划去，前去收网。橡皮筏在白浪中颠簸，渐渐在视线中成了一个白点，很快，隐没在茫茫苍苍的远方。这一瞬间，天地静默，耳旁唯有风鸣浪涛声。

以往曾想，人生不过百年，繁华富贵、功名利禄，最终都将归于尘土，一切耗不过岁月的消磨，苦苦追求为何？徜徉冬日的锦园，却让我又一次看到了一种力量，那就是生命的顽强和对生活的执着。万物荣枯，生命不息。尽管人生常如太湖水起起落落、兴衰变幻，但只要生命在，就要前行。

春踏未名湖

三月的京城，好像刚从冬眠中醒来，薄薄的晨霭中，街头光秃的树枝上隐隐约约地泛出了一层绿意。从西门进入北京大学，一眼望去，石桥旁的垂柳已缀满了嫩绿的芽苞，粉红色的梅花开得正盛，一股春的气息迎面而来。

趁着办事尚早，我决定先去未名湖看看。穿过园中的华表和庑殿，折身向东，沿着土坡上去，转身透过林间望坡下红楼，那匾额上“北京大学档案馆”几字清晰可见。再往前走，见北侧有座铁灰色的塑像，基座下放着一束用纸包着的鲜花，似乎刚摆放不久。近前一看，原是北大老校长蔡元培的像，这让我肃然起敬。蔡元培说起来还是绍兴同乡，他主持北大时，是这位教育家一生中最为辉煌的十年，其倡导的“循思想自由原则、取兼容并包之意”，为中国学术开一新纪元。一路过去，我越发感到北大的历史沉淀深厚，沿途随之一瞧，都有文物入眼，如乾隆时的诗碑和石屏风以及给北洋水师报时的青铜钟，这些遗物虽源自不同地方，却与北大氛围十分相宜。及至坡顶钟亭处，我终于得见心仪已久的未名湖。此时的未名湖，平静得像个青涩的少女，没有浓妆艳抹，而是素颜朝天，沿岸树木大都还是墨绿色的，有的甚至挂着枯叶，那黄黄的芦草依然显示着被寒冷扫过的痕迹，远处的博雅塔模糊而高矗，默默地注视着湖面。尽管如此，那喷薄欲出的春意，因了湖中的潋滟、岸旁嫩绿的柳枝和盛开的梅花，已掩藏不住，早透出蓬勃生机和一派清新。

我迫不及待地下至湖边，沿着石砌的堤岸踏步而去。未名湖虽没有我想象的宽阔宏大，待走近了，才觉得它不似江南园林的玲珑精致，倒显出大家气象。湖光塔影、湖山林木不仅与岸边的红楼相映成趣、浑然一体，湖中也散落着不少珍贵的文物古迹。湖心岛南端的石舫，据说是和珅仿圆明园中的皇家石舫所建造，造型与规制毫无二致。作为乾隆的宠臣，也只有他敢这么干。未名湖在清朝原是淑春园一部分，当年乾隆将该园赐予和珅，其大肆营建，并挖了此湖。和珅被革、抄家，淑春园几易其主，后石舫被焚，目前仅存基座。而耸立于湖中的翻尾石鱼雕塑又是圆明园中的遗物，几经流失，后被北大前身燕京大学的学生购回献给母校。从历史中走来，未名湖畔处处皆故事，从曾经的燕大到如今的北大，这里群英荟萃，留下多少传奇和大师的足迹，让人常常为之仰慕。这时，湖畔游人渐多，有的在赏花，有的在拍照，也有人在树下专注地看书。我找了湖旁椅子坐下，发现这湖中甚是热闹，除了游弋的鲤鱼，还有成群的鸳鸯在水中嬉戏，无拘无束，荡起阵阵涟漪。有人说北大的空气也是养人的。看着从湖畔走过的莘莘学子，不由感叹，能走进最高学府，该是人生的幸运儿。这个世界，总有人春风得意，也有人时运不济，但人生的路照样都得走下去，发愤图强是不变的定律。

多年前，读过贾平凹的《未名湖》。他那天是夜里去的未名湖，天下着雨，湖没在黑沉沉的夜色里，没了白日的喧嚣，又是另一番景象。那时他大概自认名气不大，所以最后自嘲未名的人游了未名的湖，悄悄地来了，悄悄地走了。但这从中也看出他内心的静寂，这是否应了未名湖之名“淡泊名利，宽容无争”的本意？如我，不正也喜欢着眼前这褪尽华丽、素颜朴实的未名湖。

神户的夜晚

抵达神户已是掌灯时分，下榻的波多比亚酒店位于一座人工岛上，濒临港口，三面环海。也许夜幕笼罩，从阳台上望出去没看见海，只是一片璀璨的灯光，楼底下泳池里一池清水泛着湛蓝的光，远处一列灯火通明的火车正缓缓开过。想着前一晚还在箱根泡温泉，外面是漫天的大雪，现在却沐浴着舒爽的海风，真是两重天啊。

神户是这趟日本之行的最后一站。安排停当，趁着还早，我和妻子想到市区逛逛。但酒店离市区尚有一段距离，在附近转了一圈也没找到路，回到酒店门口正巧碰到同团的一对小夫妻也在询问一位男服务生，他听我们是中国人，马上喊来一位短发姑娘。这位看上去文静的姑娘原来是福建人，在日本已工作多年。她一边笑着介绍怎么去市区，一边询问我们游了哪些地方，并主动聊起她曾去过的几个好玩的景点。他乡遇国人，真有种亲切感。我们和小夫妻照她的指引上了酒店二楼的轻轨站台，不想在站台遇见了我们此行的导游小张，一个二十多岁的姑娘，胖胖的脸蛋，说起话来像扫机关枪，风风火火的样子。此时见我们却有些尴尬，我知道她又去干代购的活了。这一路，每到一地给大家安排好住宿，她就像离了弦的箭奔出去购物，好几次在超市碰到她，大包小包拎得满满的，看她的微信全是代购广告。进了车厢，她上前主动说，我带你们去神户最热闹的地方，不过回来你们要带我呵。我明白她的意思，这轻轨晚上九点半就停了，回来就得坐出租车。坐下发现车内没开灯，只有外面的灯光照着里面的人。乘夜车的几乎都是年轻人，上来下去默默无声，车内十分安静。在这样的氛围里，谁都如同传染一般，静无声息，自觉成了文雅之士。

大约二十分钟就到了市区。小张熟门熟路，径直带着我们下了站台，穿过几条马路，先去了一个集市，见已关门，就直奔闹市区。几条主街并不长，前后相拥煞是繁华，街上人来车往，店面一个接着一个，霓虹闪烁，流光溢彩，时有穿着很潮的青年从身旁走过。小张忽地钻进一家商店购她的物去，等了半天也不见出来。我们想看夜景，就急着给其打电话，她回话说，你们先走吧，我还要待一会。于是，不再等她，我们自个儿逛起来了。都说神户牛肉有名，想品尝一下，找了几家饭店都说打烊了。一瞧时间已过了十点，眼看不早，决定打道回府。可拦不到出租车，好不容易见一个路口刚停下一辆车，急忙上前报了酒店的名字，司机一脸和善，笑着示意让我们上车。灿烂的灯火渐渐远去，车很快驶入黑夜中，不一会儿就到了酒店。挥手与出租司机告别之际，蓦然有了对神户的一丝好感，尽管只是浮光掠影，匆匆一瞥。

返回上海，在机场等待行李的时候，正好挨在小张旁边，她指着刚拿到的行李说，我容易吗？爸妈离婚了，我妈没有工作，靠我生活，我不兼职干点活能行吗？她自言自语，像是自我解嘲，又像是在旅程结束前解答我的疑惑。一如往日的直爽，不过倒是第一次听她讲身世。我有些愕然，也有些歉意，看来家家都有一本难念的经，谁也活得不容易。

走马伦敦

飞机降落希思罗机场时，已是一片暮色。趁着过海关，打量起机场大厅，竟有些不屑，感觉这机场跟英国一样老了。从机场坐火车到达帕丁顿车站，一进站台，却让我有了一种似曾相识的亲切，仿佛是电影《魂断蓝桥》某些场景的重现：老式的站台、老式水泥路、高悬的时钟、穿梭而过的时髦女郎和绅士般的男人。天下起了雨来，一辆甲壳虫式的出租车停在了面前，钻出位六十岁上下的司机，微笑地打过招呼，问了目的地，就主动把行李放进车内，待上车后，随即驶进了雨幕中。透过雨帘，沿路五光十色的都市繁华迎面扑来。可能正是下班的时候，路上堵起了车。司机见状，在过了一个绿灯后，就近转进一条小路，然后又拐上另条大道。不一会儿，就到了宾馆。这一切，顿时使我感受到了这个城市的温馨。

当晚，去看伦敦的地标建筑碎片大厦，门票是国内预先订的，这是英国最高也是欧洲第二高楼。此时，雨已停。一路过去，满街都是酒吧，人们在迷离的黄色光晕中悠闲地喝着酒。走进地铁车站，人流川流不息。伦敦地铁是世界最早的地铁，与莫斯科地铁一样挖得很深，在第二次世界大战期间发挥了重要作用。车站内陈旧逼仄，犹如迷宫，有艺人在过道里演奏。坐地铁的大多是年轻人，无论上下，甚至在又长又陡的电梯上，每个人步履匆匆，急吼吼地奔着，如流泻的水银。是惯性使然，还是赶时间？在后来的地铁换乘中，都看到这样的情景。

我终于站在碎片大厦顶层观景台的玻璃窗前，端一杯红酒，一边细细品味，一边悠然地望着夜幕下的星星点点，已没了刚才赶路的心急火燎，倒多了几分浪漫和陶醉。伦敦的夜很美，泰晤士河静静地流淌泛着银光，远处时而有夜航飞机飞过，塔桥、伦敦眼、大本钟等标志性景观及那无际的璀璨灯火显示着这座城市的辉煌。

这种陶醉直至第二天漫步威斯敏斯特大桥依然延续着。这时，桥下驶过的船舶、慢慢旋转的伦敦眼、金碧耀眼的国会大厦和高居塔楼的大本钟已清晰地展现在面前。我边拍照，边观赏着泰晤士河两岸风光，身边不时有匆匆而过的上班族和一辆接一辆闪过的巴士，有种站在上海外滩的错觉。难以想象的是就在这座平静的大桥上，日后发生了震惊世界的恐怖袭击。那天，英国女首相特雷莎·梅正在近旁的国会大厦做演讲，被迅速赶到的安全人员急忙护送离去。和平的图景瞬间被撕破，想来不免有些后怕。

到伦敦不能不看大英博物馆，我以为它是伦敦的压舱石也是曾经的日不落帝国的象征。在这座位于布隆斯伯里区的灰色古罗马柱式建筑里，集聚着世界各地无数罕见的珍稀宝藏，从古埃及和古希腊罗马到中国的远古石器、唐宋书画、明清瓷器等各时期的文物珍品，包罗万象。走进展厅，每一件恢宏精美的藏品，都让你屏气凝神，如电流一般击中心扉。透过这些熠熠生辉的展物，惊叹世界灿烂文明之时，却又分明听到了炮舰的轰响、瞧见了沾血的刺刀。

眼前的伦敦，更像位绅士，既彬彬有礼，又流露着倨傲。有时感到与之很近，有时又遥不可及。走在唐宁街 10 号，徜徉在白金汉宫，从来没有感觉到与庙堂如此之近、平民与皇家只一步之遥，但最终还是止步于一道黑色的铁栅门和荷枪实弹的特警前。转身置于皇家大道，风从粗壮而高大的百年大树间穿过，满街的落叶在风中旋舞起一片缤纷的世界，簌簌响声中，我仿佛看到了一张厚重的历史帷幕。

伦敦是古老的，城市几百年的历史风貌依然完好地存在着。但其又是现代的，在市中心、泰晤士河旁，时而见到新的大厦正悄然崛起，与周围老建筑的融合中呈现着新的活力。我想，一座城市如果历史成了断层，文脉没有传承，只有现在和未来，没有过去那是可悲的。而伦敦一眼望去，过去与现在，目光始终相连，不能不叫人惊艳。

一个人与一座城

飞机贴着海岸线抵达巴塞罗那时，还在一片晨曦中。从机场出来，穿过一段高速公路，然后折向一条笔直的大道直趋市中心。城市静悄悄的，街上行人稀少，只有一些窗上伸出的红黄蓝相间的旗帜在风中飘荡。导游说，因是双休日，城里人不是外出旅游，就是周末夜狂欢后还在睡觉。至于那些旗帜是表示要求独立的。后知道，那阵子巴塞罗那正闹着独立，不久就发生了引起世界关注的加泰罗尼亚公投独立事件。

巴塞罗那的建筑大都不高，但风格迥异独特，这大概与曾长期受过罗马帝国、阿拉伯帝国的统治，多元文化的融合碰撞有关，更有高迪、米罗、毕加索等人的鬼斧神工，给这座城市插上了奇幻的翅膀。踏着高低不平的石板路，穿过狭窄阴暗的小巷，来到老城哥德区，这里大多是哥特式建筑，既有罗马城墙的遗迹，也坐落着若干教堂，处处弥漫着中世纪古典气氛。位于市政厅和省议会宫两座建筑之间的圣豪美广场在拥挤的城区中倒显得十分空旷，几只鸽子在地上自在地跳跃着。拐过嘈杂的跳蚤市场，就步入两边植有高大棕榈树的蓝布拉大道，只见摊贩云集，游人如织。来时的半个多月前，这条街上曾发生过恐怖袭击事件，可现在依旧熙熙攘攘、热闹非凡。沿着长长的步行街，终于走到耸立着哥伦布纪念碑的海边码头，当见到满港都是竖着一根根桅杆的白色游艇和轻翔在蔚蓝色海面上的鸥鸟，心情似乎随着视野的开阔一下奔放了，就像放飞的鸟儿要飞翔。此刻，我直接坐到了岸边的长椅上，迎着海风，沐着阳光，让自己融化在这地中海风光中。

不过这一路下来，最让我为之心动的还是一个人。自踏上巴塞罗那这块土地，他的名字不断敲击着我的耳膜，渐渐如雷贯耳。我发现这座城市的许多建筑都与他有关，行走于巴塞罗那的大街小巷，处处留有他的痕迹，整个城市俨然是他的城。无论是圣家堂、奎尔公园还是巴特罗之家、米拉公寓，就是一场视觉盛宴，无不展示其旷世才华。他就是安东尼奥·高迪。

作为建筑“鬼才”，高迪以浪漫、狂野、怪诞的现代主义风格，创造了无数前无古人、后无来者的惊世之作。圣家堂就是其中的突出代表。这座巴塞罗那的地标式建筑，外观高耸峭拔，一个个巨大的塔楼傲然天际。尽管已建造了一百多年至今仍未完工，却是高迪最负盛名的作品。他自 1883 年承接圣家堂工作，直到 1926 年因意外车祸去世，整整四十三年都倾注于此。当走进圣殿，顿时被宏伟壮观的巨制所震撼。广阔高大的空间没有扶壁和护墙的支撑，其抛物面拱顶和树状立柱，被幻化出一座巨大的森林，每根柱子下部为树干，往上分叉的树枝又为拱顶的支撑，而棚顶仿佛是一层层树叶，阳光经树梢的叶片之间轻轻地洒落下来。令人称绝的是翼廊两旁的立面始终朝向日升和日落，使每日的早晨和黄昏，通过窗户的自然采光，照亮整个大厅。高迪将大自然巧妙地融入于建筑，到了出神入化的地步。就像他把巴特罗之家、米拉公寓当作流动的海洋，而奎尔公园又变成了童话世界，超乎异常的想象被挥洒得淋漓尽致。如此，冰冷的砖石被赋予生命的律动，充满了诗意、幻想和神话，带着奇异的色彩。

走在殿堂里，如在林中漫步，身披倾泻下来的阳光，时时感受到一种来自大自然的讯息和冲击力，也让我对高迪肃然起敬。高迪说，艺术必须出于大自然。如今他的一生作品中，有17个列入西班牙文化遗产，7个列入世界文化遗产，其斐然的成就，令人惊叹。

巴塞罗那是幸运的，也应该骄傲的，为拥有高迪这样的天才。一个人与一座城市，就如许多建筑大师作为生命个体是短暂的，但其创造的优秀建筑却在城市历史中留下了不可磨灭的烙印。正是高迪，让我对巴塞罗那产生了美好深刻的印象。

斯德哥尔摩有点冷

靠近北极圈的原因，一到斯德哥尔摩就感觉有点冷。从西班牙过去时，尽管已是晚秋，还穿着衬衫，可从飞机上下来，一股寒意骤然袭来，多亏带了厚外套，有了抵挡。

一路过去，路上行人寥寥，只是道两边满是浓密的树木，那树高大粗壮，虬枝苍劲，树叶五颜六色，如染过一般，又似盛开的花朵。瑞典的绿化率很高，森林覆盖面积占了国土的一半，飞机降落时，就看到地面上一片片的树林。不一会儿，望见了波光粼粼的湖水，透过树隙的夕阳此时被湖面反射出一道道清冽的光线，也将岸边码头上停着的游艇影子拽得长长的。后来知道那是梅拉伦湖，流经了大半个斯德哥尔摩，无论静谧的郊外，还是繁华的城区，都能见到它的身影。皇后岛宫就坐落在梅拉伦湖畔，衬着湖光林色，这座混合着巴洛克风格和英伦风范的宫殿，傲然独立，在空旷幽静中又有些孤寂。据说，国王卡尔·古斯塔夫去城里的皇宫上班，每天都是自己驾车，那种很随意很平民的潇洒自放。这让我想起瑞典前首相帕尔梅，也是个平民化的人物，喜欢过平常的生活。三十多年前的那个寒夜，他偕夫人像普通人一样去市中心的格兰德影院看电影。放映结束，沿大街步行回家，不料半道上被人枪杀，栽倒在尚未融化的雪地上……

斯德哥尔摩濒临波罗的海，冬夜漫长，一年中除了夏天几个月的好光景，大都处于阴郁寒冷的天气中，但这并不影响这个城市的绮丽风光。如果说伦敦是王冠，那么斯德哥尔摩就是一颗颗珍珠。其散布在十多个岛屿与一个半岛上，由七十余座桥梁联成一体，可谓岛屿成群，湖海相接，彼此交融。这让你常常分不清哪是海哪是湖？走着走着就看到了碧蓝的水和船帆。可你并未感到突兀，有隔断感，城市被自然地延伸着，无痕地结合在一起。漫步在老城区狭窄蜿蜒的鹅卵石路上，穿梭于五颜六色雕有石刻的古建筑之间，仿佛踏进了中世纪。但一旦走进国王街、皇后街和斯维亚街等商业区，时尚和繁华顿时迎面扑来，一任目光望去，在霓虹彩裳、富丽堂皇中，你可以找到任何的国际知名品牌和高档的北欧服饰。古老与摩登、典雅与繁华，空间变幻带来的时光交错，就这样被恰到好处地渗透在这个城市的肌理中。两百多年没有经历过战火的斯德哥尔摩骄傲而完美地展示着她的魅力，让人流连忘返。我不由佩服起康有为的眼力，当初戊戌变法失败后流亡瑞典，在斯德哥尔摩购下一座小岛，还修建了一座中国式园林，取名“北海草堂”，他一定是被斯德哥尔摩的风光吸引了，想把这里当作世外桃源。

风飕飕吹来，想找个地方暖和些，便进了街边的酒吧，里面生着炭火很温暖，人也很多。点了啤酒坐下，终于有工夫打量起周围的人来。大都是三四个人坐在一起喝酒聊天，青年男女居多，不时有笑声传来。都说瑞典人冷漠，与人总有种距离感和疏离感。那几天从机场到宾馆或外出，见到的瑞典人大都不苟言笑，一副公事公办的样子。可这会儿望过去，他们一个个朗朗地欢笑着。也许他们不乏热情，只是不轻易表达，不为外人所知罢了。瑞典人常自喻自己是坚果，外硬内软。想想也是，积攒了漫漫冬夜的寂寥，能一下热得了吗？

走在斯德哥尔摩，在阵阵寒意中，感受着这座城市冷峻的气息，也感受着这座城市蕴藏的温度。就像走进绿荫浓长的哈加公园，聆听落叶的声音，体味世界的安详宁静；就像满街走过的高挑精致、肤色白皙的金发女郎，让你眼前一亮；就像那艘一炮都没打出去过的瓦萨战船，在海底沉睡了三百多年后，却因其精美绝伦的木雕和华美装饰而成为瑞典的艺术珍宝。在参观市政大厅时，正碰见楼下的蓝厅里有人在铺设台布，摆放花束和碗碟，说是晚上有婚宴。这里也是每年诺贝尔奖颁发举办晚宴的地方，整个大厅看上去没有金碧辉煌和豪华的装饰，但在淡淡的朴素简洁中见到了庄重。晚上回宾馆路过沿街民居，让我诧异的是，每家窗户旁都有一盏台灯，不知是装饰还是作读书之用？看着那橘黄色的灯光从屋中透出来，蓦然有一丝温暖从心头升起，想起了远方的家，忽然觉得不冷了。

第五辑
岁月沧桑

那种活得真实、自在自乐的生命状态，似一抹暖色留在了心底。无论是短暂相逢，还是普通平常，人生中总有一些东西值得你珍藏！

历史从脚下走过

午后的阳光慢慢洒下来，黄河路上的各色店招如镀上一层金黄，顿时亮堂起来。这时，黄河路与凤阳路交会的十字路口，人流和车辆明显增多，似乎有股热流在奔涌，要驱散冬日的寒冷和笼盖了多日的阴霾。国际饭店西侧的西饼屋与往日一样，依然涌动着购买银丝卷、蝴蝶酥的人群，队伍已快排到了南京西路，有人两手拎着装有蝴蝶酥的袋子笑逐颜开地从屋中走出。可我的目光没有停留于此，而是在黄河路南端，邻近凤阳路上的那幢大楼上搜寻着，当在已装饰一新的墙面间终于看到那红色的“长江剧场”四个字，眼睛一亮，嘴角露出一丝微笑。

因为单位就在附近，几乎每天从黄河路和凤阳路上经过，对这一带街景已熟视无睹，习以为常。虽然黄河路曾经是享誉沪上的美食街，但这条小马路已没了早先的兴旺，除了一些店面常常改头换颜，人流和车辆不疾不徐，酒家服务生不停地在门口招徕顾客，平常如一汪湖水，未觉得有什么特别之处，就像我平日匆匆而过从未发现这里还有一座剧场。

可有一天，当知道自己身处的这条街并非寻常，有过历史风云的激荡，心海瞬间掀起阵阵波涛。那一刻，眼前划过一幅画面。同样的街头，天色阴沉，不时有摊贩的吆喝声和黄包车走过的脚步声传来，并夹带着呼啸而过的警车声。就在这慵懒而平常的时光里，一个重大事件在这里悄悄发生。1930 年 5 月，中共中央在上海秘密召开全国苏维埃区域代表大会，会址就选在了地处公共租界最热闹地段的现“长江剧场”后面的一幢楼房里。当时的黄河路叫派克路，凤阳路叫白克路，“长江剧场”更是来头不小，原名叫卡尔登（CARLTON）大戏院，由英国人投资，建于民国十二年，曾是名流大咖聚集之地。白色恐怖之下，如何安顿好来自全国各地代表并确保会议安全顺利举行足见智慧和胆略。为掩护会议，中央特科经过精心谋划，先租下那幢楼开设医院，再由筹备人员以房东身份安排家人入住，后又增加了两位刚从苏联归国的同志，组成临时家庭，其中一位，就是后来闻名于世的抗日英雄赵一曼。他们整天在楼下打麻将、听留声机；而医院内，一些中共特科人员扮成医生、护士，病人则由与会代表假扮，由此迷惑敌人。但这次会议还是走漏了风声，时任国民党淞沪警备司令熊式辉已有所闻，只是不知道确切会期和地址，便令手下倾巢出动侦查。领头的特务叫宋再生，他带人逐地搜查，从白克路由西向东，步步紧逼，眼看距医院只有几个街区。在查到派克路、白克路一带时，更是会同租界巡捕房警探兵分两路，有门必入，有人必问。那几天，派克路上人来人往，一切如常。医院内会议有条不紊，而外边敌人搜查却不断临近。就在会议结束当天，宋再生带人闯入医院，但此时早已人去楼空，真是有惊无险。出乎意料的是，宋再生是打入敌人内部的中共情报人员，正是其通过细查，拖延时间，保证了代表及时撤离。

我是偶尔听到这个发生于上世纪30年代初的故事，于我既惊讶又自豪，这不是自己日复一日经过的地方吗？竟浑然不觉。当再次走在黄河路和凤阳路上，感到了脚下这块土地的厚重，思绪时常沉浸于昨天和今天的时空交汇之中，我的目光多了敬意，有多少故事藏匿在这平常和不经意间？我想去寻觅那历史的痕迹，聆听历史的声音，可满目都是繁华和充耳的喧嚣，那些曾经的历史与建筑已随风而去。好在脚下的土地还在，这些故事仍然藏在人们心里，没有远去。

有缘绍兴路

阳光透过阔大的梧桐树叶，照在这条细细短短的小马路、落在路旁花园洋房的墙上，高大浓密的树枝间隐隐传来知了的叫声。

那天，去出版社谈个人文集出版事宜。从地铁 10 号线出来，沿着陕西南路往前走，路上车流不断，两边建筑展现着魔都特有的气质。走到一个丁字路口，一条不起眼的小路出现在面前，路牌上写着绍兴路三个字。当跨过陕西南路，一走进这条小路，外面的喧嚣突然戛然而止，燥热渐被浓荫挡去，路面显得幽静起来。看着路旁林林总总的旧洋房、各色门店和众多出版、文艺单位，一种略带着神秘的气息扑面而来，仿佛要告诉你那些埋在岁月中的故事。我有些兴奋、有些好奇，四下环顾。因为工作的原因，曾多次到过坐落于此的新闻出版局。如今好久没来这里了，眼前仍有如梦幻般感觉。

小时候看书，翻到书页后出版社地址总写着上海绍兴路，想不到这条路，竟与自己的出生地是同一地名，便有些好奇，有些莫名的仰望，一直想那是条怎样的路？为什么许多书都出自这里？到上海多年，于忙碌中却一直没有光顾这条路，要不是后来的工作关系，才有机会多次踏访。

走在绍兴路上，总有些东西在吸引着你，这里的每座房子，每条里弄，哪怕一个行人，都会让你不由驻足留意。这条横亘于瑞金二路与陕西南路之间的马路，虽短短不过五百米，且不说那些来来往往于出版社的作家们，就在那清水红砖外立面的里弄内，曾居住过著名电影导演桑弧等文艺界名流。那个现已拆掉的汉源书店可谓盛名一时，当年张国荣在上海开演唱会，专门抽空来店里翻阅藏书，一坐就是几个小时。在一处已关闭的店门上，见到一块用棕色木框围着的牌子，上写着《瓦尔登湖的故事》，说的是一个叫瓦姐的美女诗人，在绍兴路上开了13年的小店，店里有200多个版本的《瓦尔登湖》，她一边开店一边写诗，“每个人都有一片庄园 / 种满了日子、梦以及悲欢 / 于是 / 人生就在这里 / 哪儿也不去哪儿也去不了”。现在她的店和对面的汉源书店一样消失了。

据说香港导演关锦鹏拍张爱玲的《红玫瑰与白玫瑰》，看中了绍兴路上昆剧院对面的一幢小洋楼的阳台，其枣红的铁栅栏弯曲成玫瑰花形状，通过两扇窄窄的落地玻璃窗通往内室。这样的场景配以陈冲饰演的娇蕊站在此梳头，会是怎样的风情？可“玫瑰阳台”的主人不同意拍摄，这令关大导演颇为郁闷。当然，这里还有诸多有名的旧址，那座“海上闻人”杜月笙的宅邸就是其一，今已是一家顶尖的本帮菜馆。绍兴路就是这样一条有着独特韵味的路，浸濡着百年风雨，显示着不事张扬的底气，藏匿着无数的传说，在弥漫着淡淡的清幽和书香里，老的故事走了，新的故事又来了。

我在邻近上海文艺出版社旁的“光的空间”书吧落座，在这里等编辑小胡。书吧如其名，看上去敞亮简约、温馨柔和，在四周书架下，摆放着一张张形状各异的桌椅。我打量着书架上的书和那些悠闲喝着咖啡的人，一种时尚感在漫漫溢出。终于等来了小胡，在拿铁的啜饮中，我们相谈甚欢。我觉得自己与绍兴路是有缘分的，我的第一本散文随笔选就出自这里的上海文艺出版社。这么多年了，对绍兴路的那份情结始终还在。小胡告诉我，文艺出版社与绍兴路上的其他出版社即将搬迁至市郊新址，眼下正忙着此事，心里一下子还真有些不舍。

我不免有些遗憾，告别总是伤感的，于谁都如此，何况是面对一个倾注了情感、留有美好记忆的地方。从“光的空间”出来，外面依然烈日灼灼，徜徉在绍兴路上的心情却是轻松的，望着斑驳的梧桐树影和墙边悠然伸展的藤蔓，我想，那一派书香味不会离去。

那样的壮举

晚上夜走，刚从温暖的屋中出来，一阵寒风袭来，不禁打了个冷战，这天气说冷就冷，一下霜风凝寒。路灯下，我清楚地看到自己嘴中呼出的白色气雾。走在半道上，冷不丁迎面过来几个小伙子，其中一个只穿件白色衬衣，卷着袖子，敞怀而行，与同伴边说边笑着过去，一派潇洒之气。我不由一惊，这天气人们唯恐穿少了，把自己裹得紧紧的，此君倒好，就差光膀子了。回过头望着远去的背影真想问一声，“你不冷吗”？然后摇了摇头，心想年轻真好！

其实类似这样的事，年轻时我也干过。那年在山东读书，打完一场篮球，不知谁提议去洗冷水澡。那正是三九寒天，冰冻大地之时。大家挤在淋浴房里，冷水喷涌而下，立时汗毛竖起，一个个冷得龇牙咧嘴，但大家一边用手搓着，一边唱着歌，看着身上阵阵发红，心中十分畅快，有种英勇无畏的感觉。有位诗人说过，在冬天，我们匆匆走过自己的年龄。大概冬天的严寒，最能体现一个人的英雄豪气，尤其年轻人，青春勃发，更是无所畏惧。还记得自己当年在内蒙古，冒着大雪去连队采访，一脚下去雪没膝盖，可那时并不觉得有多冷，毫不却步。

人的耐寒能至何种程度，应该是有限度的。在极端气候条件下，能否坚持多久，往往最能体现的还是人的意志。看过一个微信视频，有个年过五十的男人，跑到漠河，在冰天雪地里验证自己的抗寒能力，围观的人都穿着厚厚的皮毛大衣，只见其全身只着一条短裤，拿起一桶桶水往身上浇。当地人看不下去了，劝其停手，别伤了身体，可他面不改色，连浇了十多桶，安然无恙。我想他是有备而来的，没有特别的体质或经过耐寒锻炼，普通人是做不到的。

要说冬天里的壮举，长久回旋在脑中、真正让我钦佩的还是七十年前朝鲜战场上的一场著名战役——长津湖之战中的志愿军战士。参加这次战役的中国人民志愿军九兵团刚从南方开拔而来，因战事紧急，来不及换装，大多官兵衣着单薄。而长津湖是朝鲜北部最苦寒之地，夜间最低气温达至零下三四十摄氏度，当时又遇 50 年不遇的寒冬。惨烈的战斗就在这风雪交加的严寒中展开，这是一场超出人类生存极限的恶劣环境下、武器装备和后勤保障对比悬殊的非常规战争。戴着单帽、穿着单鞋的战士们整整 6 天 6 夜隐伏在冰雪皑皑的群山中，以炒米和冰雪充饥，直到发起冲击，将拥有绝对制空权的美军王牌主力、装备精良的海军陆战队第 1 师打得大败而退，并全歼有“北极熊团”之称的美第 7 师 31 团。这可都是些被号称美军最能打的部队，是美国的骄傲。美军在战史中却写道：“陆战队历史上，从未经历过如此悲惨的艰辛和困苦，这简直是一次地狱之行。”

可以想象，中国军人的意志让美国人何等瞠目结舌。

王筠所著《长津湖》中有段记录：当穿着鸭绒防寒装的美军爬上山头，看到冰雪覆盖的堑壕里那些被冻成冰雕般仍保持战斗姿态的中国军人不由得惊呆了，这是些什么人啊，他们从哪里来，要到哪里去，他们为什么如此顽强，为什么具备着这样非同寻常的意志力？美军团长里兹·伯格向这些宁愿冻死也不放弃阵地的军人举起了军礼。有一个资料可以佐证，当年九兵团 20 军有个叫宋阿毛的上海籍战士曾在阵地上写下绝笔书：“我爱亲人和祖国，更爱我的荣誉。我是一名光荣的志愿军战士，冰雪啊！我决不屈服于你！哪怕是冻死，我也要高傲地耸立在我的阵地上！”这是战后在他冰冻的身体上找到的，每个字都是最有力的回答。

寒风又一次吹来，已不觉冷。回想那场历史的壮举，一股热流再次在心中涌起。

父亲的战友

父亲战友多，打小在家里就见他们进进出出，那时，有的仍在军界，有的已转业，但这都是些从满是硝烟的战场上下来、曾在枪林弹雨中行走的人，见惯了血与火，经历过生与死，换句话说，个个是铁血男儿、不要命的主。他们三句话不离本，话匣子一打开，全是当年的战场。

父亲重情义又好客，虽上世纪50年代末就转业至地方，但四散在各处的战友仍经常会来相聚。小时候，见父亲从外面回家，身旁跟着一个人进来，父亲就会介绍是他的战友，并要我们兄妹上前打招呼。他们一坐下，话就收不住，眼瞅着就到了饭点。这时，父亲就会嘱咐母亲弄几个菜，留下战友一道进餐。每逢过年，父亲必会请几个战友来家里喝上一顿。事先父亲与母亲商量着拉出菜单，再照此筹备菜肴。这天，一大早就忙开了，生炉子，和面包饺子，到了下午，一个个冷盘菜都已摆上了桌子，就等着客人一到起油锅。我们虽小，上不了桌，但时间久了，对这些来往的人也就熟了，现在仍记得他们的音容笑貌。

这其中印象最深的要数王叔叔，他山东人，从军分区下来后在县武装部工作。每次来我家都穿着军装，满脸胡子拉碴的，很少见其系风纪扣，坐下把帽子一扔，露出一头乱蓬蓬的头发，从桌上烟盒抽出一支烟来，划着火柴点上，然后吐出一圈烟来。一看是个烟不离手的人，夹烟的两指已被烟熏得黄黄的。父亲说："别看他不修边幅、稀松的样子，打仗可是一把好手，决不含糊。那年打孟良崮他可是冲在前头的！"早年，父亲在山东时和王叔叔并不是一个部队的，直到渡江战役前才编入一个师，但互不相识。占领南京国民党总统府的就是他们那个师，当时他们都随部队冲进了总统府。后来每看到我军占领总统府的照片，心里不免有些自豪！父亲是南下到了地方部队后才与王叔叔碰在一起的，一交谈才知道原来是一个师的，后来成了莫逆之交。

相同的经历，相同的战区，常常打的同样的仗，两人一聊起来就没个完。一个说："1947 年孟良崮战役后，转到外围，一个晚上行军 100 多里，天又下着大雨，地上泥泞，人走着就睡着了。"另一个说："那次我们两个连打敌一个团部，以为只有一个连守着，打进去才知道里面整整一个加强营啊，差点出不来了！""打淮海战役那阵子才激烈呢！"父亲拿起茶杯，喝一口水，慢慢说道："那会跟我们交手的是国民党第五军，那排炮过来压得气都喘不上，汤姆式冲锋枪打出的子弹声音尖叫刺耳，密集得像蝗虫。可冲锋号一吹，全上去了。那晚，地上的冰雪刺得晃眼，天不亮战斗就打响了，大家从战壕里跃起，身旁的一位战友冲上去不久就倒下了，肠子都出来了，可谁也顾不上只往前冲，他就自个儿把肠子塞进去，在冰地里继续往前爬……”

那时候，家里房子不大，屋中的空气常常被他们聊得要凝固似的。我虽在一旁做作业，却竖着耳朵听得出神。偶尔还冷不丁地打断他们问上一句。正在兴头上的王叔叔，便眼一斜，手一挥说：“小孩子懂什么，好好做作业！”我有些不服气地又埋下头去写字，可心里却已被那刀光剑影搅得波澜起伏，那惨烈的战场，那谈笑间的豪气，深印脑中，这大概也为我日后坚定地去从军埋下了种子。父亲所说的第五军，我后来知道那是国民党军头等精锐的机械化部队，五大王牌主力之一，全是美式装备，其善步炮配合，火力凶猛，被我军歼灭于淮海战役。蒋介石把最好的家当都拿出来了，那决一死战的场面可想而知，但还是没有挽回败局。父亲在淮海战役中也再次负伤，被送进战地医院。所以，当六十多年后他离世前被病痛折磨时，就常以淮海战役受伤之难受来比喻，那种记忆是刻骨铭心的。记得有人说过这样的话：“枪响之后，每一次寻常的呼吸，都是生命的恩典。”我觉得父亲是幸运的，从枪弹里滚过来，九死一生。我见过父亲最初参军时的照片，上面是三个青涩的年轻人，穿着过膝有些肥大的粗布军装。父亲指着其中的两个说，都已在战场上牺牲了。

王叔叔为人仗义，生性耿直，遇事不平敢于执言，加上文化不高，这多少影响了其职务的升迁。但他并不在乎，走路照样昂首挺胸。无欲则刚，资历又放在那里，谁奈其何？“文革”时，父亲遭造反派围攻，陷入困境。王叔叔知道后，去军区开会时直接找到老首长那里：“他 15 岁就出来干革命，出生入死，有什么问题呢？”老首长是山东人，也曾是父亲的老上级，便亲自过问了此事。患难见真情，这事自然记在父亲心里。

我参军时，王叔叔还未转业，特地来送我，以老军人的口气说：“到部队后好好干！”待到几年后我回来探亲，还见过他，这时他已转业到了地方，人苍老不少，头发也花白了，但看上去仍硬朗，烟照样抽得凶。

知道王叔叔过世的消息，是多年后的一个夏天，我从部队回家休假，听后一惊，有些难以置信。原来他离休后在城外的山旁整了几块荒地，常去那里锄地种菜。那天黄昏扛着锄头回家，经过铁道口，正遇一列火车开来，人刚过去，肩上的锄头却碰到了火车，顿时被一股引力卷了进去。他没有倒在战场上，最后却倒在了铁路旁，不禁令人唏嘘。很长一段日子，父亲对此缄默不语，一下失去了无话不谈的老战友，想必心情一定黯然。

黄昏之美

黄昏，总给人一种悲凉忧伤之感。作为日光，它是洒尽辉煌后的最后闪耀；作为人生，是历经长途跋涉后能看到尽头的最后旅程。古人曾叹息“夕阳无限好，只是近黄昏”。黄昏真的那么黯然？其实并非如此。在我看来，黄昏有时所燃烧出的光焰和美，绚烂无比，让人陶醉，令人震撼。

有友人在微信中传来一段视频，一位早年曾演过芭蕾舞剧《白毛女》女主角的扮演者深入社区，带着大妈们一起跳广场舞。她虽已年过七旬，一登场，就把人倾倒了，只见其身材高挑挺拔，容光依旧，随着歌曲“北风那个吹”响起，手臂展开，美顷刻间喷薄而出，在轻柔与刚劲、芭蕾与民族的交汇中，把每个舞姿展现到了极致，就像清澈叮咚的泉水潺潺流来，给人以无比的享受。无怪乎观众直呼“太美了”，引来阵阵喝彩。小时候看芭蕾舞剧《白毛女》印象深刻，那扮演者的神采一直记得。岁月流逝，最惊艳的美貌也难以留住。如今且不论其功力不减当年，就这份颜值和身材的保持也让人惊讶！但最使我感动的还是从中传递出的精气神。我想，没有对美的追求和对生命的热爱，这份美是很难延续的。这美中不仅有当年的丰采，更糅进了岁月沉淀后的气韵和成熟，这大概就是黄昏之美吧。

看到一则报道，时隔30年、已是九十五岁高龄的秦怡再度携手陈钢进行《雷雨》片段“鲁妈的独白”钢琴伴诵，当她优雅而缓慢地走进会场，台下万籁俱寂。尽管双腿有疾难以自行行走，但她全程挺着背脊，且演出5分多钟的时间里，一直依靠自己的力量，单手扶钢琴站立台中，并坚持脱稿朗诵。她的表演让观众为之动容，也赢得了热烈掌声。此时，这位满头银发、跨越世纪的老人，像一尊女神，雍容华贵的气质更衬出她千帆过尽的美。我不由想起多年前，曾有幸在上海徐家汇的一栋百货大楼偶遇秦怡。那时，她在钟表柜台前给儿子小弟挑选手表，她微笑着让服务员拿出几种不同款式的手表，耐心地在儿子手臂上进行试戴，直到儿子点头满意为止。这个时候，她不再是著名的表演艺术家，而只是位和蔼可亲和充满爱心的普通母亲。时光辗转，那温馨一幕仍常浮现在脑海。

秦怡的美，在电影界是出了名的。周恩来总理曾称她是中国最美女性。但对美，正如其所言，不在于外表，而是精神世界和工作态度的反映。她历经坎坷，仍刚强达观地面对生活，一次次抚平伤痛，没有丝毫的忧愁和退却，并始终执着于事业，晚年继出品和自编、自演电影《青海湖畔》之后，又着手创作新的剧本。正是这样的不懈奋斗，不屈于生活的磨难，使她依然光彩夺目，魅力无穷。

天渐暗，然而夕阳更红。古人又有言“莫道桑榆晚，为霞尚满天”。黄昏是迷人的，那柔美的光芒不仅是最美的景致也是未来希望之所在。将心融进黄昏，怀揣梦想，一如既往，将光彩尽献，这才是真正的黄昏之美！

那个夏天

那会儿，她就像阳光下的花儿在那盛开着，站在傍晚的北京幸福大街招待所大门边，一脸微笑地默默注视着街头来往的行人和车辆。她没戴军帽，露着一头乌发，只有绿色衣领两旁的红领章映衬着白皙精致的脸庞。这时，我们正好从院内出来遇见她，便相视一笑。

其实大家都已认识，整个考场唯一女兵嘛，谁人不识？上午，她由人领着进入考场，大家的目光便齐刷刷集中在她身上。她落落大方地走向座位，取下挎包和军帽，然后颔首向大家微微一笑，便安静地坐在那里。这时我们才知道她是来自空军通讯总站的话务员，因为是空军直属部队这次唯一参加空军新闻干部教导队入学考试的考生，就归到了我们北京军区空军这边的考场。那是上世纪80年代初，正是炎炎夏日，窗外不停地响着蝉鸣的聒噪声，可考场里静得都能听到针掉落的声音。尽管大家埋头考试，但也会偶尔抬头望向她。她安然地做着试卷，浑然不知。女兵是男兵心中的“女神”，总有一种仰慕和好奇，尤其我们部队地处一线，整个军营清一色的全是男性，从未接触过女兵，这份好奇更浓些。记得有年冬天，听说团部对面山包上的陆军营区来了几个女新兵，我和几个男兵趁空闲就爬到山坡上去看，荒凉的山坡上寒风呼呼地刮着，可去了几日都没瞧到，有一日再去终于见到那几个女兵出门溜达，由于隔着太远，连个脸都没看清。

那几日，因连着考，她不回连队，和我们这批来自京外部队的考生同住这边的军人招待所，于是就有了前面的一幕。相互打过招呼，便自然问起考试情况。“大哥哥，你们考得怎样？”她一出口，我一怔，原是个热情开朗的人啊！此时，她的嘴角和眉毛飞扬着，看不出最初的矜持。那个夏夜，我们就在不期而遇中被这一声叫唤切开，留下久久的余音。后来，她曾笑称这次相识是奇遇。那时，不断有行人、车辆从身边过去，我们忘了看街景，也不知说了什么，只感到各种鼓噪的声音突然静止了，当天暗下来时才知道时间过去了很久。她说招待所所长特地给她送过来些北京密云水蜜桃，可否去品尝一下？女兵待遇就是不一样！她住在一楼的一个单间，我们也不客气，便随她前往。那蜜桃汁多味甜，吃得我们满嘴是汁，她打来一盆水，递上毛巾，让我们擦洗。就这样，大家又说笑了一阵。临别，她突然带着玩笑的口吻说：“大哥哥，你们考取了可别忘了我啊！”我们一愣，但马上作答：“你肯定考得上！”那时，能否考取？我们心里也七上八下，但感觉凭她的聪慧和优势，考取的概率应更大。

在考试结束后的次日，她特地邀请我们几个来自内蒙古的男兵去她连队做客。第一次走进女兵营地，不由感到一种神秘感。楼内静悄悄的，一尘不染，一个个房间门口挂着门帘，所见女兵都身着束进蓝色军裤的白衬衫，微笑而过。她宿舍里空无一人，只见十多个床铺上被子叠放得整齐有序。她说，女兵们有的在值班，有的在补觉，因我们要来，这个房间就空出来了，她还给我们介绍了她的分队长。那会儿，她入伍一年多，看得出既优秀人缘也好。她从几个床下抽出小马扎，让我们坐，并用搪瓷杯倒了开水递上。谈笑中，她一口一个大哥哥，是那样的天真活泼，无拘无束，聊着聊着不觉间就到了饭点。这时，只见两个女兵端来了多盆菜肴和米饭，把两张床一拼，床席一卷，就成了餐桌。这餐饭虽简单，大家却吃得格外香。

一个月后的塞外，我们几个终于等来了被录取的消息，那年，我们都是四年服役期的最后一年，尽管在部队都小有名气，常在报刊发表文章，但考不上就面临着退伍。在军队干部制度改革后，这次考试意味着命运的改变。正因为如此，大家不免兴高采烈。在去济南在北京转车时，特地给她打了电话，问其情况，分别后一直没有她的音讯。电话接通，却传来她没有被录取的消息，大家一下沉默了，对未来一直怀有单纯美好心愿的她，不知会是怎样的打击？可她在电话里乐呵呵地说，祝贺大哥哥们考取！

到了济南驻地，安顿好后的次日，我们就给她写信，告知这边的情况，也鼓励她振作精神，争取再考。她很快给我们每个人都回了信，并说了自己的心情："曾幻想同你们一起坐在明亮的教室里寒窗苦读、谈笑风生，可这一切成了泡影，对从没经历过磨难、一路赞誉声中过来的我，成为人生中的第一次打击。不过在经过无数次流泪后，我还会继续努力和坚持，为梦想不懈奋斗！"看来她的内心足够强大。记起去她连队那天，她说"如考上了，到了那里，我一定给你们唱歌听"！心里不由一阵遗憾。

天空开始飘起雪花，日子在繁忙的学习中很快迎来了冬天。这年的济南似乎格外地寒冷，郊外山野覆盖上了厚厚的大雪，看上去苍茫雄浑。脚踩在雪地上，发出咯吱咯吱的响声，让人感受到天地的萧瑟。坐在安静的教室里，望着窗外不断飞舞的雪花，我倏忽想起好久没有联系她了，不知道她怎样了？

转眼过去了两年，那时我已毕业提干分配到部队。这年的夏天，因宣传典型被借调到军宣传处，经常跑北京送稿件，就住在空军大院内的招待所。有天晚上，大院露天广场放映根据路遥同名小说改编的电影《人生》，广场上坐满了人，有军人也有家属。散场时，在一支穿着白衬衫的女兵队伍里，我蓦然见到了她，不由脱口而出喊了她一声。她猛一回头，好像很惊讶，跟带队的说了一下，马上笑着跑过来，“你怎么在这里呢？”我说了缘由。她高兴地说，“明天上午我来看你！”说完又跑回队伍。自上次一别，已久未见面和联络，想不到在这里重逢，我不免有些欣喜。翌日上午，她如约而至，身旁还带了个女兵。我拿出准备好的糖果，又给她们泡了茶，就相互聊起别后的情况。言谈中知道她已是班长了，也到了服役期最后一年。她还是开朗如初，眸子里闪着清澈的光，只是比先前变得沉稳了。可说起话来，依然是副单纯活泼的样子，充满着对世界的美好和对人生未来的憧憬，看不出有任何的懈怠。她结合对电影《人生》的观感，娓娓道来，讲她对人生和现实的思考，对生命和人性的理解。我忽然觉得她似一股清流，不管外面的世界如何变幻，始终保持着一股纯洁的清新，如水里的荷花鲜润高洁，不知不觉间被她的激奋感染，被一种无形的力量牵动。

那以后，我出差北京又去连队看望过她两次。我们依然各自坐在小马扎上交谈着，她笑眯眯地坐在那里，眼睛像月牙一样弯弯勾起，又似平静的湖面泛着涟漪。当我问其将来的打算，她神情黯淡下来：“我可能要退伍了，留队希望不大。”我知道出身军人之家的她，热爱部队，一直在努力着，但由于已失去上军校的机会，提干渺茫。她说战友们为她可惜，她有时也挺苦恼。说这些的时候，她眼里有晶亮的东西闪过，先前无忧无虑的笑容不见了。我不知道如何去安慰她，梦想与现实总是有距离，在无法改变的现实面前，说什么都变得苍白。最后一次去看她时已是深秋，从窗外望去，天空阴沉沉的，树叶被风一吹成群地飘落，纷纷扬扬。她拿出一个信封，从里面取出两张照片给我，一张是她穿绿色军装的肖像，后帽沿下的短辫束着蝴蝶结，前额帽沿下露出几绺微卷的发丝，细而浓长的柳眉下一双眼睛如水晶般纯净，透出俏丽的神采；另一张是她站在营房大楼前的风景照，旁边停着辆军用三轮摩托车，英武之气洋溢。同时，她又递上两只由锁链串着的塑料小金鹿，说送给你作个纪念吧。这时，我在感受心灵相应和一份真情之时，也为即将的别离而惆怅。也许这一走就是久别。

当我再次接到她的来信，她已回到了家乡东北某市。后来，她很快在一次近千人的选拔中脱颖而出，成为唯一人选被招录进了政府部门。真应了那句话，是金子总会发光的。“不管生活如何变化，我都会永记部队的培养，也不会放弃梦想，奋进不懈！”她在信中说。那一刻，我仿佛又一次看到她眸子里闪动的清澈目光，溢满了纯粹。

有人说，人生的经历如剧场，注定会被时间的幕布一幕一幕地覆盖，然后忘却。很多年过去后，当旧事成虚幻，这一切似乎已被忘却的时候，在一场电影《芳华》的观看中，我恍然又见到了那个开朗活泼的身影，那双闪动着清澈目光的眼睛，泪水渐渐湿润了双眼，为那个夏天，那曾经的芳华岁月。

小城里的上海女人

读张爱玲小说，觉得她笔下的上海女人是喜是悲，总有一种风情，有份优雅。小时候，每逢春节，常见上海人到乡下过年。尽管那是个缺乏色彩的年代，人们衣着朴素，但一眼望去，那些上海人尤其女子的穿着打扮依然与众不同，那份清爽精致，那骨子里透出的优越感和话语中的嗲声嗲气，让人过目不忘，以至于后来见到的几位上海女知青，更加深了我的印象。

在我刚上高中那年，学校里来了两名年轻女教师，是刚从农村抽调上来的上海知青。这两人看上去二十多岁的样子，性格迥异，我姑且称她们一文一武。文的扎两根长辫，白白净净，戴副眼镜，秀气文静，任音乐老师；武的齐耳短发，肤色稍黑，一双杏眼目光炯炯，活跃泼辣，教体育课。当年她们投亲靠友来到了距上海咫尺之地的鱼米之乡插队落户，现在又调到了城里，虽说回的不是上海，但毕竟离开了面朝黄土的日子。因此，她们的脸上总是放着光彩，整日乐呵呵的。自然她们的气质和风韵也是有别于其他老师，在学校里特别显眼。文的拉得一手好风琴，学校的文艺演出，她常在台上伴奏，风度翩翩。武的打得一手好乒乓球，脖子上常挂个哨子，有时捧个篮球，和男生们混在一起打球。每每学校的运动会上，她总是唱主角，来回奔波，风头十足。我毕业时，她们仍在学校任教，后来不知是在当地成家了，还是返沪了，无从知晓。但在那样一个年代里，她们的出现，还是给小城带来了生气。

我读书的中学旁边紧挨着一座小山。课余，常与同学去山上玩。有回瞧见山旁一处院子里站着位穿运动服的姑娘，正伸腰做操，其眉清目秀，丰腴曼妙，看那气质不像是本地人。后才知道，这是位上海知青，暂住于此亲戚家。她后来跟城里一家公司的男职员结了婚，据说是其亲戚做的媒，她终于名正言顺地在城里落了脚。说来也巧，这男职员我认识，人活络，善于交际，只是文化不高、有点油气。后当面见过这姑娘，果然明眸皓齿，冰雪聪颖。我感到两人差异明显，有点不搭，其幸福概率有多少？常言道“男怕入错行，女怕嫁错郎”。不过婚姻这东西很怪，旁人不看好，可能人家恰恰情投意合呢？弱水三千，总有一瓢是你想取的。

巧的事还有呢。我常去打酒买酱油的那家副食品商店，有次柜台上站着位新来的女售货员，说是刚抽上来的上海知青。只见其脸如玉，身材玲珑，腰纤细，活脱脱一个林黛玉，人们的目光时不时地斜向她。那时的酒、醋、酱油等都是零拷的，放在一个个坛子里。姑娘对别人的目光熟视无睹，自顾自地从坛子里酤着酒，看似有些“高冷”。可没多久，她与同柜台工作的一位来自农村的退伍军人结了婚。那退伍军人满嘴胡茬，人看上去倒憨厚有男子气。大概抱得美人归，他眼角眉梢总飘着笑意。没想到他们新婚后搬进了我们住的那幢楼，成了邻居，经常照面。后来我家搬走了，我也离开了家乡，再没见过他们。有年回家陪母亲去菜场，碰到了那女子，虽岁月写在了脸上，但其风韵犹存。她说，儿子已在上海读大学了。话语间我听出了她的欣慰，她的血脉终又流回到了原地。

张爱玲《半生缘》里有句话：“要想回到原来的环境里，只怕是回不去了。”我想，要不是命运的裹挟，这些女人们必定是另外一种生存方式。但在历史的大潮中，个体生命往往无能为力，身不由己，如漂荡的一叶扁舟，不管愿意不愿意，只能随波逐流，随遇而安。有的可能幸运地抵达了彼岸，有的可能永远回不去了。

随江水远去

我一直不明白她为何要走向那条江。

她的脚步是那么坚定，越过塘路，沿着坡下的小径，穿过低矮的灌木丛和纷乱的草地，默默地朝江中走去，有水鸟从岸边的芦苇中惊起，她没有回头。清凉的水渐渐侵入她的肌肤，漫过头顶，然后，有些湍急的水面上荡起一个漂亮的漩涡，继而又重归于一片宁寂。

这一幕谁也没见到，只是我日后无数次地想象。我不清楚那天的天空是碧蓝如洗，还是阴霾密布，但看到了一个女人结束生命的决绝。

认识她是在那年的夏天，我下乡后的第二年，村里安排我进了新扩建的小学当老师。她是这个学校的校长，看上去三十多岁的样子，一件白衬衫衬着藏青色外套，一头乌黑的短发，笑起来脸上显出两个酒窝。她热情地介绍着我，也一并介绍着其他老师，话语幽默而不失庄重。这个学校连我共 6 个老师，大都来自本村，唯有她是外派的正式公办老师，具有多个学校任职的经历。在后来共事的日子里，看不出她的矜持和优越感，一直平易近人，平和如常，就连工作的布置也是在笑谈中完成，大家挤在一个办公室里，课余有说有笑，十分融洽。尤其对我这个初出茅庐、没有任何教学经验的新人，她如大姐般给予了更多的宽厚和不露声色的指点，我知道她是在照顾我的自尊也在帮助释放压力，这从另方面促使我担起责任，不敢对教学有丝毫的放松。那年的暑假，她还带我去公社参加各村小学老师的暑期备课，使我学到了不少东西。她是那种属于不怒自威的人，受人尊敬，走在村里，村民都对她点头致意，甚至聊上几句。

其实，她也是住在城里的，拥有一个温馨的家庭，丈夫在机关工作，有双可爱的儿女。她是从一个镇上嫁到城里的，但平时很少听她讲述家事，只是从片言只语中好像感觉其婆婆规矩颇多。忘记了为什么事曾去她家，那是幢临江而居的木结构老房，进去屋子很深，犹如走进旧时的大户人家，楼上楼下都是地板铺就，后院是个偌大的竹园，翻过塘路就是江了。她从楼上下来时，虽然微笑着，但说话声音很轻，似乎与在学校时的开朗判若两人。她有辆自行车，每天都骑车回城。后来，家里也给我买了辆自行车，我们经常同道而行回城里。每每车至塘路上，江风吹起她的头发，她的笑靥更是飞扬，这让我感觉到这是个非常热爱生活的女人。有时我也奇怪，她为何不调往城里，甘愿屈居于乡村？

在那所村小学，我待至一年多就去了部队。三年后第一趟回家探亲，特地上门去看望她。这时，她已调回城里。她和丈夫沏茶相迎，见我一身戎装，还打趣道："好精神啊！"但自此一别再也没见过她。多年后，在一次回家时，我偶尔听人说起她已投江而亡，说是为女儿婚事。女儿一直被她视若掌上明珠，小时候曾带来过村小学，长得活泼可爱。这让我大吃一惊，虽其定有缘由，但一个如此乐观的人，怎么就轻易放弃了自己的生命呢？这不符合她的性格！人生何其短，有必要主动把它折断？

我曾多次抵近她走向的那条江，这是位于浙东的一条很古老的江，江水吞噬过无数的生命，也流传过美妙的故事。汉时曾有一个叫曹娥的女子跳入此江救父成为不朽。有段时间，我脑中总浮现她走向江中的那一刻，她站在岸边，眉头紧锁，哀婉的眼眸望着远处的天际。那条伸向江中的小径多么幽静而熟悉，平日里她只是在这里眺望霞光跳荡的江水，呼吸野外的清新空气，或到江中浆洗衣物。现在她将随江流一道远走他乡，在奔流不息的江水里获得解脱。

英国女作家弗吉尼亚·伍尔夫说过一句话："当你终于了解人生，就能真正地热爱生活，然后才舍得放下。"患抑郁症的伍尔夫最后彻底放下了，奔向了河流。那么，曾经热爱生活的她也放下了吗？我至今不明白，她为何要向江中走去？

活得真实

时间如酒，越久越醇厚。这每每让我想起那些在岁月冲刷中已走远的人，虽久远，却无法忘怀，章伯就是这样一个人。

当年调至上海，住机关宿舍。宿舍是一排长长的平房，房顶盖着红瓦，内为木结构，高大通透，夏天格外凉快，从长长的窗户望出去是一片草地。因房子编号为 18，大家习惯称 18 号房。据说此处原是日本侵华时留下的营地，宿舍由马棚改建而成。入住不久，章伯也刚来这里做宿舍管理员，住宿舍的头上。大家只知他姓章，管他叫“章伯”，其看上去约五十多岁，瘦瘦的个儿，黢黑的脸上颧骨突出，一双眼睛炯炯有神。见谁都一脸微笑，主动打招呼，不因你是什么职务而另眼相看。谁要有个什么事托付于他，一口应承，从不推诿。有外人过来找人，他总先问清楚再领其上门。每天一大早，他就拿着扫帚和拖把，开始清扫走廊、洗漱间和卫生间，把扔在门外的垃圾清理干净，乐此不疲。有了他的勤劳，宿舍始终保持了洁净敞亮。有一回，我出门前把洗好的衣服晒到露天晾衣架上，谁知到了下午，天下起雨来，我一看糟了，那时没手机，急忙骑上自行车赶回来。可一到宿舍，章伯早已把晾在外面的所有衣服收进叠好放在床上，我连忙道谢，他却呵呵笑道："这是应该做的。"

有了空闲，他就在屋外墙边开垦出几畦荒地，在上面种菜施肥，那些蔬菜在他的照料下出落得油光闪亮。他便常拿些新割的菜蔬送我们，说一个人吃不了那么多，大家尝尝鲜。有时假日，我们自个儿做菜，突然发现缺点葱蒜之类的，就会跑去他的菜地说："章伯，摘点呵。"他就招招手，"摘吧！摘吧"！当然，大家也会时常送些自己不穿的衣服和一些食品给他，他也不拒绝。和章伯熟了，知道他还是浙江同乡，未成过家，从乡下出来后一直在外打工，属于那种四海为家，一人吃饱、全家不饿的人。夏日，他会去附近河边渠沟摸点鱼虾回来，烧后弄一瓶黄酒，坐在桌边独酌。一喝酒，就满脸通红，直红到脖根。这时话也多了，说些荤话八卦，摆起山海经。我们从门口走过，顺便也会和他逗乐聊天。

后来，我结婚搬至新居离开了 18 号房。以后该房也因老旧被废弃了，听说章伯经人介绍又去了一家医院做后勤。有次，我正在一个十字路口等车，章伯推了辆自行车迎面走来，他见我忙大声招呼，我见之也十分惊喜。我们就在路旁聊了起来，他还是那么精神抖擞，问其近况后，我把家址写给了他，请他有空过来坐坐。他欣然答应，说罢挥挥手，又骑车而去。但以后，我与章伯再未谋面，也没听到他的音讯。这么多年过去了，历经了许多事情，也结识过形形色色的人，多少往事已随风飘散，可偶尔还会想起他。想来大概是他的那份真诚朴实，那种活得真实、自在自乐的生命状态，似一抹暖色留在了心底。无论是短暂相逢，还是普通平常，人生中总有一些东西值得你珍藏！

跋

入夜，起了滴滴答答的雨。继而，雷声阵阵，闪电不时透进窗户。不一会儿，雨急速而下。听着窗外雨声毫无停歇的节奏，人也随之清醒了，思绪竟如这雨水般奔流起来……

回顾自己走过的路，写作似乎一直没停歇过，而真正始于散文写作，也只是多年前的事。我自忖缺乏天赋和勤奋，总被红尘中的琐事牵挂，文字停停写写，凭兴致所趋，有感而发，有时可能一年半载出不了活。我也自感属于后知后觉之人，对事对人缺乏敏感，往往有所悟时已晚矣。好在不甘放弃，靠着一点点磨，仍能跌跌撞撞地走至现在。我觉得，做任何事凭本事吃饭，既然自己只能在现有轨道上行进，那就顺其自然，不必勉强，只要尽心了、尽力了，也就不枉岁月。

中国人自古对功名一直看得比较重。虽不乏“不为五斗米折腰”“不戚戚于贫贱，不汲汲于富贵”的人，也有大彻大悟之人，“独坐幽篁里，弹琴复长啸”，但大多不想青史留名，也想功成名就。有道是三千云月，八千里路，深藏身与名。我料想自己这辈子平平淡淡，不会有太多的造化，只是写点文字而已。在习惯用金钱和仕途来衡量判断成功与否的当下，似乎显得无足轻重，更可能无用。不过，我更喜欢亚里士多德的那种观念，成功就是将自己的潜力最大限度地发挥出来。有一种声音总在耳际回响："亦余心之所善兮，虽九死其犹未悔。"既然，接触了写作，人生也就多了一个维度，尽管无所成就或带不来物质的丰盛，但至少是有价值的，心是坦荡的。在写文字的时候，是向内寻求意义，而不是向世界索取什么。正是在这个意义上，我视文章为盛美的事业，老老实实地去写些自己想写能写的东西，不走捷径，不眼高手低，不为其他，只为心里的追求。

任何一门艺术都是有灵之物，只有当你付出了，它才会报答懂它的人。所以写作往往是痛苦而兴奋的，常常夜不能寐，需要身心的沉入和真情的付出；写作又是寂寞的，既是与自己独处，也是在黑暗中探索。许多时候，对事物的感知总是处于一种朦朦胧胧、似清非清的状态，想看清它，却找不到它的内核所在。内核如灵魂，一旦抓住了，也就找到了事物的源头，犹如见着了光芒，看到了一泻千里的水流在畅快淋漓地奔淌。这时，心开始澄明起来，就不觉得苦了，而是一种快乐。

岁月是如此曼妙而艰辛。人活在世上不容易，生命总不以人的意志而运行。世事料峭，有那么多来自外部的挑战和碾压，而来自内心的挣扎和惶惑，则是更大的考验。但命运，往往又以它特有的方式维持着自己的平衡。所以，历史总因为某些细节让人肃然起敬，也因为无数记忆令人感慨万千。我虽活不回从前，可从前还活在我心里。就像小时候，静静地望着窗外，静静地等待父亲归来，这样的情景一直盘旋在记忆中。对于曾经的青春时代，对于那些自己走过的路、看过的风景以及经过无数次记忆过滤后留存下来的明月当空的日子，对于我的亲人和我认识的故人，还有他们的恩情，怀着对曾经峥嵘岁月的致敬，怀着对生命与自然的歌吟，总感到要抓住光阴做点什么，以对自己的生命历程有一个交代。德国作家君特·格拉斯将回忆比作一个将要剥皮的洋葱："剥掉一层都会露出一些早已忘却的事情，层层剥落间，泪湿衣襟。"这也就是为什么要写下这些文字的原因所在。

每每站在山巅或海边眺望远方，不由想这里曾留下过多少人的足迹？多少年后，那些人不在了，此地还在，人终老不过大自然。而文字呢？

陈德平

辛丑年荷月于远香斋